7525

Kader Abdolah

Dawuds Traum

Roman

Aus dem Niederländischen von
Christiane Kuby

Klett-Cotta

Salam!

Mein Name ist Attar, ich erzähle die Geschichte.

Während ich sie zu Papier bringe, sitze ich in meinem Arbeitszimmer am Schreibtisch und schaue nach draußen. Die Sonne scheint auf die kleinen Fenster der Häuser. Ich höre Rosalina in der Küche. Gerade hat sie mir einen Kaffee gebracht, ich habe sie umarmt und meinen Kopf auf ihre Brust gelegt.

Rosalina ist meine Hoffnung. Das Licht und die Wärme meines Hauses.

Allein ihre Gegenwart beweist, daß ich existiere. Sie beugt sich vor und küßt mich aufs Haar. Ich rieche sie und murmle einen Teil eines afrikaansen Gedichts, das ich auswendig gelernt habe, vor mich hin:

> *Hoe lank nog eer ek met jou breë*
> *Kasjoeneutbosse verenig, eer ons immekaarpas,*
> *Jou rietbegroeide arm om my,*
> *Jou bruin liggaam my liggaam?*

> *Wie lange noch, bis ich mich mit deinem breiten*
> *Cashewnußwald vereinige, wir ineinanderpassen,*
> *dein schilfbewachsener Arm um mich,*
> *dein brauner Körper mein Körper?*

Da ich jahrelang im Grab lag, muß ich mich noch an alles mögliche gewöhnen. Auch an das Schreiben.

In meinem Grab habe ich mich schrecklich gelangweilt.

Zum Glück hatte ich ein paar klassische persische Reisebücher dabei. Ich habe sie mindestens dreihundertmal gelesen. Sie trugen mich zu fernen Orten. Oder ich schloß die Augen und ging selbst auf Erkundung aus. Ich durchstreifte mittelalterliche Städte. Am Anfang jedes Kapitels zitiere ich einen Abschnitt aus meinen Grabesreisen.

Sie unterscheiden sich von denen, die wir, die fünf Freunde, mit Dawud unternommen haben. So nehme ich euch zugleich nach Südafrika mit und ins Mittelalter.

◄◊► **Eins** ◄◊►

*Im vierten Monat des Jahres 437 kam ich in der Stadt Semnan an.
Auf der Suche nach moderner Wissenschaft hielt ich mich dort
eine Zeitlang auf. Ich hörte von einem hochgeschätzten Lehrer. Ich
fand ihn und kniete vor ihm. Er trug langes Haar und einen langen närrischen Bart. Eine Gruppe studierte Aristoteles bei ihm.
Andere studierten Medizin, und wieder andere beschäftigten sich
mit den Sternen. Ich kam mit ihm ins Gespräch über Arastatalis,
die Lehre von der Dichtung, doch er hatte keine Ahnung davon.
Ich forderte ihn auf dem Gebiet der Sterne heraus. Sein Wissen
war chaotisch. Er nahm mich mit hinaus und gestand mir, daß
er nichts von Arastatalis, nichts von Medizin und nichts von den
Sternen verstehe. Er flehte mich an zu gehen.
Ich nahm meinen Stock und reiste weiter.*

1

Wir waren zu fünft.
Drei von uns waren tot. Zwei von uns lebten noch.

   I. Soraya ist tot.
  II. Frug lebt.
 III. Malek ist tot.
 IV. Rumi lebt.

Sie haben mich, Attar, gebeten, diese Geschichte zu erzählen.

Soraya, Malek und ich sind tot, ums Leben gebracht. Rumi und Frug bekamen zum Glück Strafmilderung. Später wurden sie freigelassen.

Ich beginne im Namen des Unnennbaren, der dies alles zuwege gebracht hat.

Mein Gruß gilt ihm, der für alles einen Grund hat. Ihm, dessen Macht sichtbare Spuren im Tag hinterläßt und dessen Weisheit in der Nacht leuchtet. Er, der den Menschen durch das Wort vom Tier schied.

»Nun wa al-qalam wa ma jastarun.«

Salam dem Wort!

Salam der Schrift!

So geschah es. Auf einmal befanden wir uns in Afrika, und Dawud sagte, die Erde, auf der wir säßen, sei Südafrika.

Wir kamen von dem Ort, wo wir gewesen waren, wo wir gelegen hatten.

Wieder waren wir zusammen, nach siebzehneinhalb Jahren.

Wie früher, wenn Dawud von einer langen Reise zurückkehrte.

Wir hörten ihm aufmerksam zu. Seine Geschichte war unsere Geschichte, wie damals. Er konnte fortgehen, wir nicht.

Doch wir leben in derselben Gestalt fort, in der Dawud uns zuletzt gesehen hat. Er wird älter. Wir nicht.

Wenn er früher von seinen weiten Reisen zurückkehrte, setzten wir uns nachts zusammen auf die Erde hinter unserem Haus, und er fing an zu erzählen.

Es war, als tue er es für uns, als hätte er sich aufgemacht, nur um uns Geschichten mitzubringen.

Er erzählte von den Orten, die er gesehen, und den Erfahrungen, die er gemacht hatte.

Wir sehnten uns nach dem Tag, an dem auch wir, so wie er, in die weite Welt aufbrechen könnten.

Doch das Schicksal wollte es anders.

Jahre später, als sich der Staub, der aufgewirbelt worden war, wieder gelegt hatte und die Ruhe wieder eingekehrt war, wollte Dawud uns wiedersehen. Und wir ihn.

Diesmal brachte er etwas mit, das wir noch nie zuvor gehört hatten: eine Geschichte aus Afrika. Südafrika.

Unterwegs erzählte er uns jede Nacht, was er tagsüber erlebt hatte.

Wir hörten Dawud zu:

Es war ein großes Flugzeug. Ein Engländer, der neben mir saß, sagte: »Eigentlich ist das Flugzeug viel zu voll.« Sonst sagte er nichts. Sonst redete ich mit niemandem.

Ich war zwar nicht krank, fühlte mich aber so. Ich zog mir die Decke über den Kopf und versuchte zu schlafen. Es dauerte eine Weile, bis ich einschlief. Ich träumte, ich wäre in der Heimat, ich klopfte an unsere Tür und rief: »Ich bin wieder da. Ich bin krank. Macht die Tür auf!«

Die Tür ging auf.

Die Stimme des Flugkapitäns sagte: »Wir fliegen über Afrika.«

Ich zog die Decke runter. Morgenlicht. Das afrikanische Licht drang mir ins Herz. Ich fühlte mich besser.

Wir flogen ans andere Ende von Afrika, nach Kapstadt. Es klingt merkwürdig, aber ich hatte das Gefühl, nach Hause zu kommen, zu meinen Eltern.

Alles verlief reibungslos, vielleicht zu reibungslos, zu bequem.
Die Stewardessen kamen regelmäßig vorbei:

Would you like some tea?

Would you like some coffee?

Would you like some juice?

Would you like something?

Früher, als ich viel reiste, kam ich immer abgemagert und
erschöpft zurück, hatte aber viel zu erzählen.

Früher aß ich nur etwas Obst und Brot und ging meistens zu
Fuß, und dadurch begegnete ich vielen Menschen und hörte
viele Geschichten. Jetzt saß ich in einem großen Flugzeug der
KLM, bekam alles mögliche serviert, und der Engländer wollte
nicht reden. Ich fürchtete, das Reisen würde mir so bequem
gemacht, daß ich schließlich ohne Geschichten nach Hause
kommen würde.

Die Sonne schien mir von rechts auf Arm und Bein. Merkwürdiges Licht, als stamme es von einer anderen Sonne. Ich sah
durch das kleine Fenster nach unten, auf die braune Erde.

Nirgends Wasser zu sehen, der Regen, die Seen, Wasserläufe
und Wassergräben Hollands waren verschwunden. Da stand
ein Bauernhof mit mageren Bäumen auf braunen Hügeln.
Einige Kilometer weiter noch einer, baumlos. Kein Gras, dafür
eine Ziege, die hinaufschaute.

2

In der ersten Nacht erzählte Dawud, was er im Flugzeug
geträumt hatte: »Macht die Tür auf. Ich bin krank!«

Wir fanden es merkwürdig, daß er in seinem Traum gleich
nach Hause ging.

Warum krank? Und warum nach Hause?

Die ganze Nacht haben wir darüber geredet. Dawud war ans andere Ende von Afrika geflogen, zum Indischen Ozean. Seltsam, daß ihm der Rand des Indischen Ozeans als Heimat erschienen war.

Das Flugzeug landete, fuhr Dawud in der ersten Nacht in seiner Erzählung fort.

Kaum hatte ich den Fuß auf die braune Erde gesetzt, da fühlte ich mich zu Hause.

Ich hatte meine Berge wieder, und auch die kleinen, einfachen Häuser waren mir vertraut. Die Niederlande waren verschwunden. Amsterdam war weit weg.

Seit zwölf Jahren lebte ich dort, und ich glaubte, ich würde mich dort zu Hause fühlen, doch kaum schien mir die Sonne heiß ins Gesicht, wußte ich, daß ich zwölf Jahre lang ein Fremder geblieben war. Die Niederlande sind meine Heimat nicht, dachte ich mit einem gewissen Schuldgefühl.

Welche Farbe hat Südafrika? Dunkelgelb, dunkelrot, dunkelgrün, dunkelblau und dunkeldunkel.

Zum ersten Mal im Leben sah ich Schwarze auf ihrem eigenen Grund und Boden, wie soll ich es sagen, an ihrem eigenen Platz, nein, ich meine, am richtigen Platz, wo ihre schwarze Farbe am schönsten zur Geltung kommt.

Es war das erste Mal, daß ich so viele Schwarze an einem Schalter sitzen sah. Es strahlte Macht aus.

Eine weiße – nein, sie war nicht weiß, auch nicht schwarz – eine braune Frau kam auf mich zu, sie grüßte mich auf Afrikaans und sagte etwas zu mir, was ich verstand und auch wieder nicht. Eine Art Niederländisch in urwüchsigem Dialekt.

Als sie merkte, daß ich sie nicht verstand, schaltete sie auf Englisch um. Sie hole mich ab.

»Wohin?« fragte ich.

»Nach Stellenbosch!«

Wir fuhren in einem Kleinbus. Ich legte Regenmantel, Mantel und Schal in den Koffer. Vorläufig würde ich sie nicht mehr brauchen.

Wir fuhren viele Kilometer an unzähligen ärmlichen Hütten vorbei, in denen Schwarze wohnten. Ohne Licht, ohne Wasser, ohne Schule.

Dann tauchten die Weinberge auf. Die Lese war gerade vorbei. Die Reben hatten Durst, die Trauben lagen in den Weinkellern. Die Autos fuhren links.

Ein rostiger gelber Zug donnerte vorbei, der Urgroßvater aller holländischen Züge.

Stellenbosch kannte ich nur vom Rotwein her.

Die Innenstadt ist klein, aber es war viel los.

Die Kneipen waren gestopft voll, mit lauter jungen Weißen.

Alles Studenten, sagte meine Begleiterin, sie tun nichts als Bier trinken. Ab zehn Uhr morgens sitzen sie an der Bar.

Sie bog in eine schmale Gasse ein und hielt vor einer schönen Villa im Kolonialstil: »Da sind wir.«

Ich legte meinen Koffer aufs Bett. Ein geschmackvoll eingerichtetes Zimmer. Durch das Fenster sah ich einen Berg. Wie eingerahmt.

»Komm!« rief er mir zu.

Ich zog mir sofort meine Sportsachen an.

Kurz darauf lief ich auf dem Boden Afrikas, auf der nackten Erde. Das Gefühl war überwältigend. Wie lange war es her, daß ich zum letzten Mal einen Berg bestiegen hatte? Das war in der Heimat gewesen.

Unterwegs sah ich nur Schwarze, Erwachsene und spielende Kinder. Ich hörte einen singenden Fluß. Wie lange war es her, daß ich zum letzten Mal einen singenden Fluß gehört hatte?

Den Grund der Flüsse hatte ich längst vergessen. Jetzt erst bekam ich die großen Steine auf dem Grund zurück.

Die Bäume hatten die Farbe der Erde angenommen, sie waren dunkel, keine hellen Zweige, helle Blätter auch nicht. Ihr Schatten war schwarz.

Ich lief, bis ich nicht mehr weiter konnte. Der Weg war von drei Reihen Stacheldraht versperrt.

Ich wollte nicht umkehren, suchte nach einem Steg, über den ich ans andere Ufer gelangen könnte, doch das war mit hohem, dichtem Schilf bewachsen. Wohl oder übel würde ich bis zu einem kleinen Fußballplatz zurücklaufen müssen, wo ich eine Brücke gesehen hatte.

Da hörte ich es rascheln am anderen Flußufer. Aus dem Schilf trat ein schwarzer Junge mit violettbraunen Weintrauben in der Hand. Mit vollem Mund kauend starrte er mich an.

»Hallo! Kannst du mir sagen, wie ich zu dem Berg da komme?« fragte ich, erst auf Niederländisch, dann auf Englisch.

Gleichgültig zeigte er auf den Fluß.

»Durchs Wasser?«

Er schüttelte den Kopf und zeigte auf ein paar Steine.

Die Niederlande hatten meinen Blick verändert. Früher überquerte ich auf dem Weg in die Berge Wildflüsse, ohne daß meine Schuhe auch nur einen Tropfen abbekamen. Jetzt sah ich nicht einmal mehr, daß die Steine eine schöne Brücke bildeten.

Ungeschickt sprang ich von Stein zu Stein.

»Wie soll ich jetzt weitergehen?«

Der Junge ging vor mir her, zeigte mir den Weg in die Wildnis.

»Danke«, sagte ich und rannte wieder los.

Im Laufen überlegte ich mir, wie unvernünftig es sei, so unvorbereitet einen Berg zu besteigen. Wäre es nicht besser, nur bis zum Fuß des Berges zu gehen, die Aufstiegsroute zu erkunden und mich erst morgen zum Gipfel aufzumachen?

Die Sonne hatte hier alles ausgetrocknet. Geistig paßte ich noch nicht in diese Landschaft. Bis gestern war ich in den Niederlanden gewesen, wo alles grün ist, wo die Erde Mühe hat, alles Regenwasser aufzunehmen. Jetzt rannte ich an vertrockneten Pflanzen und umgestürzten Baumstämmen vorbei.

Ich erreichte den Fuß des Berges. Der Gipfel lockte, aber ich traute mich nicht; keiner würde mir helfen können, wenn mir etwas zustieße.

Früher ging ich allein in die Kälte hinaus, durch Schnee und Sturm, bestieg unwegsame Berge, jetzt aber wagte ich mich nicht einmal bei hellem Sonnenschein auf diesen kleinen Berg hinauf.

Eigentlich wollte ich umkehren, begann aber doch zu klettern.

Jetzt fürchtete ich mich vor Schlangen, vor einer schwarzen, unheimlichen Schlange im Gebüsch. Vor Mücken, Millionen Mücken, die mich verfolgen und überall stechen würden. Davor, daß sie mich mit einer scheußlichen Krankheit infizieren würden.

Doch ich stieg weiter hinauf. Ich wollte mich nicht von meinen Ängsten beherrschen lassen.

Die Mücken klebten an meinem schweißnassen Gesicht und meinen nackten Beinen, und das war kein angenehmes Gefühl.

Ich war verrückt geworden. Früher dachte ich nicht einmal an solche Dinge; selbst wenn mich ein Skorpion gestochen hätte, hätte ich mir zu helfen gewußt. Jetzt aber fürchtete ich mich vor dem Fluß, dem Weg, den Mücken und den toten Zweigen. Hatte Angst, zu fallen, Angst, mich zu verirren, Angst, niemand würde mich finden.

Trotzdem stieg ich weiter und erreichte schließlich den Gipfel.

Ich blickte auf die Stadt hinunter, auf die kleinen, niedrigen Häuser. Es war nichts Besonderes an ihnen. Stellenbosch war nicht schön, und reich war es auch nicht.

Ich ruhte mich etwas aus und begann dann vorsichtig den Abstieg. Ich achtete sorgfältig darauf, wohin ich die Füße setzte. Es wäre lächerlich gewesen, wenn ich mir in den ersten Stunden meines Aufenthalts hier die Beine gebrochen hätte.

»Die Beine gebrochen?« würden alle erstaunt fragen. »Wo?«

»In den Bergen.«

»In den Bergen? Wann?«

»Heute mittag!«

»Er ist gerade erst angekommen. Wozu muß er einen Berg besteigen?«

»Keine Ahnung.«

»Sehr merkwürdig! Wir sollten ihn in die Niederlande zurückschicken.«

Ich kam an einem Weinberg vorbei. Früher hätte ich mich vor die roten Weintrauben hingekniet und sie wie ein Ziegenbock abgepflückt. Ich stürzte zwischen die Weinstöcke. Auch wenn die Lese vorbei war und die Weinranken leer, immer hielt sich hier und da noch eine Traube versteckt, die sich nur dem durstigen Bergsteiger zeigen würde. Ich ging von einem Rebstock zum nächsten. Und wirklich, da wartete eine Traube auf mich. Ich kniete mich hin, drückte den Kopf in die Reben und wartete auf die ersten Safttropfen.

Da fielen mir die Warnzettel und die Reise-Impfungen ein.

Ich richtete mich auf. Aber wenn ich jetzt die Weintrauben unbehelligt ließ, würde ich es später bereuen. Ich kniete mich wieder hin und hielt den Kopf unter die Reben.

Wenig später lag ich erleichtert und trunken in der Sonne. Südafrika!

Dawuds Ängste erinnerten mich an eine Geschichte des mittelalterlichen Dichters Scheich Mosleh, der viele Reisen in ferne Länder machte. Einmal fuhr er mit dem Schiff über den Indischen Ozean nach Afrika. Die Mitreisenden, die aus anderen asiatischen Ländern kamen, tauschten ihre Erfahrungen aus; sie diskutierten über die neue Wissenschaft, über Dichtung, über Sterne, über Zahlen, und über die Bücher, die sie gelesen hatten. Scheich Mosleh war in ein tiefsinniges Gespräch mit einem anderen Dichter verwickelt, und er sprach von einer neuen Form der Dichtkunst. An Bord befand sich ein schwarzer junger Sklave, der Angst vor dem Meer hatte. Es war das erste Mal, daß er so viel Wasser sah. Sein Vater versuchte, ihn zu beruhigen, doch er hörte nicht auf zu weinen. Je weiter das Schiff sich vom Hafen entfernte und die Häuser in der Ferne verschwanden, desto größer wurde die Panik des Jungen. Alle mischten sich ein und versuchten, ihm deutlich zu machen, daß er im Schiff sicher sei, doch er wollte einfach nicht aufhören zu weinen. Ratlos suchte der Vater nach einer Lösung. Doch die gab es nicht. Scheich Mosleh ging zu dem Jungen, packte ihn am Arm und sagte: »Hör zu, mein Junge. Alle haben dir gesagt, daß du hier sicher bist, ich sage das gleiche, aber wenn du jetzt nicht zu weinen aufhörst, werfe ich dich über Bord.«

Da brüllte der Junge erst richtig los. Scheich Mosleh hob ihn hoch und warf ihn ins Wasser. Von Panik erfaßt, schlug der Junge um sich und schrie um Hilfe. Als er so das Meer kennengelernt hatte, zog der Scheich ihn wieder an Bord. Still setzte er sich an seinen Platz und schwieg bis zum Ende der Reise. Das ist Afrika, sagte Scheich Mosleh.

3

Auch wir vermißten die Berge. Für uns alle war es genauso lange her, daß wir auf die Berge gestiegen waren. Früher taten wir es zu fünft. Manchmal ging Dawud mit. Aber meistens schloß er sich einer anderen Gruppe an.

Nach unserer Verhaftung kletterten die anderen auch nicht mehr.

Wir waren überglücklich, wieder zusammen zu sein. Gestern nacht, als Dawud uns seine Erlebnisse erzählte, wollten wir auch wieder auf die Berge hinauf, doch wir hielten es für unmöglich. Wir gehörten ja nicht mehr zum Leben.

Da überraschte Soraya uns.

»Sollen wir in die Berge gehen?« fragte sie.

»Was?« riefen wir alle gleichzeitig.

»In die Berge!«

Da waren wir noch in bewaldetem Gebiet, da, wo wir uns befanden, als wir die Augen öffneten.

Wir liefen von Baum zu Baum. So verließen wir den Ort, an dem wir erwacht waren, und kehrten wieder zurück ins Leben.

Wir hatten keine geeigneten Schuhe, doch der Berg, den Dawud bestiegen hatte, war nicht besonders hoch. In einer Stunde könnten wir den Gipfel erreichen.

Die Hitze der Sonne war nicht angenehm. Vor allem für die Toten unter uns, die, die im Grab gelegen hatten. Wir zogen unsere Wintermäntel an und legten einen Schal um, und froren immer noch. Es dauerte eine Weile, bis wir die Mäntel nicht mehr brauchten. Die Sonne brannte uns aufs Gesicht, auf die Schultern, auf die Arme und die Hände. Wir spürten, wie die Wärme durch unsere Adern strömte. Wir mußten uns wieder daran gewöhnen.

Mücken klebten an unseren Gesichtern. Es störte uns nicht. Es zog uns nur tiefer ins Leben hinein, wenn die Mücken uns stachen und wir ihre Stiche in der Haut fühlten. Wir kletterten. Was für ein Geschenk, leben zu dürfen.

Als wir an einer Reihe durstiger Bäume vorbeikamen, hörten wir Gekicher in den Büschen. Aus Neugier taten wir etwas Dummes, wir schauten hinter die Büsche. Auf der Erde lag ein schwarzer Mann auf einer nackten schwarzen Frau. Der Mann sprang auf und verschwand. Die Frau fuhr erschrocken hoch und raffte hastig ihre Sachen zusammen.

»Entschuldigung!« rief ich.

Der Weg zum Gipfel war nicht schwierig, aber da wir jahrelang nicht geklettert waren, fiel es uns doch schwer.

Einmal oben angekommen, freuten wir uns schrecklich. Zu wissen, daß wir die einzigen waren, die sich in der heißesten Stunde des Tages auf dem Gipfel befanden, erfüllte uns mit Zufriedenheit. Stolz setzten wir uns auf den höchsten Felsen und blickten auf die Weinberge in der Ferne.

Hinter uns hörten wir Geschrei. Wir sahen uns um. Fünf weiße Mädchen mit Strohhüten lagen auf einem großen Felsen und rauchten.

»Hello!« riefen sie lachend.

»Hello!« riefen wir zurück.

Wir genossen den Blick auf die herbstlichen Weinberge, die gelbbraunen Wiesen. Ein Schwarm uns unbekannter schwarzer Vögel flog an uns vorbei. Hinter uns kicherten die Mädchen. Hörst du das?, sagte ich zu mir selbst. Du bist ins Leben zurückgekehrt.

4

Ich, Attar, dachte: Vielleicht sollte ich erst einmal Soraya, Frug, Malek und Rumi vorstellen. Etwas mehr von ihnen erzählen, um Verwirrung zu vermeiden. Doch ich tue es nicht, denn ich wollte die Vergangenheit ruhen lassen. Es ist eine andere Geschichte. Aber wo es nötig ist, werde ich bestimmt mehr von meinen Freunden erzählen. Ich lasse sie nach und nach hervortreten.

In dieser Nacht kamen wir wieder zusammen.

Dawud fuhr in seiner Geschichte fort:

Ich weiß nicht, welche Farbe die Augen einer schwarzen Südafrikanerin haben.

Schwarz? Braun? Dunkelbraun?

Alle Frauen, denen ich bis jetzt in den Kneipen, im Postamt und in den Läden begegnet bin, waren weiß. Hübsche Weiße, junge Weiße, selbstsichere Weiße und sehr höfliche Weiße. Freundlich und offen.

Die schwarze Frau, die mein Zimmer putzte, sah mich nicht an. Sie war der Typ, den man in Filmen immer im Hintergrund sieht.

Gestern abend, als ich zum Essen ausgehen wollte, suchte

ich nach dem Mädchen der Rezeption, das mich am ersten Tag in mein Zimmer gebracht hatte, es hatte blaue Augen gehabt.

Heute stand ein anderes Mädchen da, eine Studentin mit grünen Augen. Sie lachte gern, und ihre Bewegungen waren fröhlich.

Ich fragte sie, wo ich etwas Einfaches zu essen bekommen könne.

Sie zeigte mir den Weg zum nächsten Lokal.

Dort war ich der einzige Kunde. Die Köchin war eine schwarze Frau um die Vierzig. Ich hätte gern ein paar Worte mit ihr gewechselt, doch sie war nicht sehr kontaktfreudig. Als ich sie begrüßte, kehrte sie mir den Rücken zu und beschäftigte sich mit den Kartoffeln.

»Ist es nicht zu spät, kann ich noch etwas bestellen?« rief ich.

Sie antwortete nicht. Ich nahm eine Zeitung und setzte mich.

Ein blondes Mädchen von etwa fünfzehn, sechzehn Jahren erschien.

»O, hellooo!« rief sie.

Sie trug einen kurzen Rock und zu kleine Strandslipper, wodurch ihre Fersen den Boden berührten. Sie lächelte breit.

»What can I do for you?«

»Auf der Speisekarte steht Kürbissuppe«, sagte ich. »Ich liebe Suppe.«

»Dann bekommen Sie welche von mir«, sagte sie mit einer anmutigen Gebärde.

Die schwarze Frau bereitete die Suppe, und das Mädchen stellte den Teller vor mich auf den Tisch.

»Bitte sehr, die beste Kürbissuppe weit und breit«, sagte sie lachend.

Die Suppe war köstlich, das Brot ebenso.

»Und?«, fragte sie.

»Den Geschmack deiner Suppe werde ich nie mehr vergessen.«

»Wow!« rief sie.

Jetzt kam ein junges Mädchen, nein, eine junge Frau, herein. Ihre Gegenwart war wie ein Strauß frischer Blumen. Sie hatte ein dünnes rosa Kleid an, setzte sich mir gegenüber an einen Tisch und steckte sich eine Zigarette an. Jedesmal wenn sie sich das Haar aus der Stirn strich, wurde im weiten Ärmel ein Stück ihres Körpers sichtbar. Sie sah zum Fenster hinaus, wartete auf jemanden.

Ein junger Mann tauchte in der Tür auf und winkte. Sie lächelte, er kam herein, setzte sich neben sie. Sofort stellte sie, nein, preßte sie unter dem Tisch ihr Bein gegen seines. Sie schloß die Augen. Er griff ihr unter das Kleid.

Spät am Abend ging ich zu Fuß zur Pension zurück. In den Straßen war kein Verkehr. Überall standen schwarze Jungen herum und tranken Bier. Ich kam an einem Monument vorbei, einer Mauer, auf die etwas geschrieben oder gezeichnet war. Stadtstreicher pinkelten daran. Eine etwa zwanzigjährige Frau zog die Jeans herunter, bückte sich und pinkelte im Stehen mit ihnen. Ich sah zu, sie lächelte, ihre Augen leuchteten schwarz.

Im Dunkeln schlenderte ich weiter, an den mageren Männern vorbei, die die Häuser bewachten.

Als ich in die Pension zurückkam, merkte ich, daß sich jemand an meiner Tasche zu schaffen gemacht hatte. Mein Portemonnaie lag offen da und es fehlten ein paar Geldscheine. Ich wußte sofort, daß es die schwarze Putzfrau gewesen war.

Am nächsten Morgen sah ich ihr in die Augen. Sie waren schwarzbraun. In ihnen war nichts Diebisches.

Die Scheine fand ich in meiner Hosentasche wieder.

ᛟ Zwei ᛟ

Marmarat el Namat war eine auffällige Stadt. Auf den dicken
Mauern hielten Soldaten mit Bögen Wache. Vor dem Tor ragte
eine riesige Säule empor, auf der in einer unbekannten Sprache ein
Text geschrieben stand.
»Wozu dient das?« fragte ich.
»Um Skorpione zu verjagen«, sagten sie.
In der Umgebung lagen Hunderte alter Säulenreste verstreut, und
niemand wußte, wozu sie dienten und woher sie kamen.

1

Hört zu, ich möchte euch etwas anderes erzählen, sagte
Dawud.

Heute morgen um zehn kam eine weiße Frau zu mir, um
mich zur Universität zu bringen. Sie war um die Vierzig, sprach
Afrikaans und trug ein grünes Kleid. Nichts Auffälliges.

Ich hatte eine Lesung in einem der Hörsäle. Das Publikum
bestand aus fünfzig, sechzig Studenten und ihren Lehrern
und den Mitarbeitern der Abteilung Afrikaans.

Das Afrikaans werde immer mehr vom Englischen verdrängt, sagte sie.

Unsere Reise sei eigentlich eine symbolische Unterstützung
des Afrikaans.

Während der Fahrt sprach sie über Dichtung, doch da wußte ich noch nicht, daß sie selber Dichterin war.

Nach mir war die Frau im grünen Kleid an der Reihe. Charmant trug sie zwei Gedichte auf Afrikaans vor, eines handelte vom Meer und das andere von einem Schiff.

Komisch, wenn ich aufmerksam zuhörte, verstand ich es.

Sophia hieß sie. Warum hatte ich sie nicht gleich genau betrachtet? Heute morgen war sie nur jemand gewesen, der mich abholte. Jetzt erst nahm ich ihr einnehmendes Wesen und ihre schönen Arme in dem grünen Kleid wahr.

Durch ihre Arme, ihren Hals, ihre ein wenig nachgezogenen Lippen und den Rand ihres Kragens sah, hörte, las ich und lernte ich Afrikaans kennen.

Nach der Lesung war sie verschwunden.

2

Abends stellte ich mir einen Stuhl auf die Empore eines Saales, in dem viele Theaterstücke aufgeführt wurden.

Da, wo ich saß, war niemand, doch unten war viel Betrieb, sehr viel. Es war eine Veranstaltung zur Förderung afrikaanssprachiger Musik und afrikaanssprachigen Theaters. Ich suchte Sophia im Publikum. Sie war nicht da.

Nach und nach nahm das Afrikaans mehr Platz in meinen Gedanken ein. Es war die Sprache, die die Holländer mit dem Kolonialismus hergebracht hatten. Die Sprache der Besatzer. Später öffnete sich die alte holländische Sprache der Färbung und dem Geist Afrikas. Nach der Abschaffung der Apartheid erlebte das Afrikaans einen neuen Frühling. Hunderte von jungen, Afrikaans schreibenden Schriftstellern, Dichtern,

Erzählern und Theatermachern kamen wie aus dem Nichts zum Vorschein. Sie gaben ihr Werk im Selbstverlag heraus, oder es wurde von kleinen Verlagen veröffentlicht.

Da ich versuche, gutes Niederländisch zu schreiben, und dies als neue Identität erfahre, fühlte ich mich mit diesen jungen Schriftstellern verwandt.

Eine Frau kam herein. Durch ihr rotes Haar fiel sie im Publikum auf. Sie blickte um sich und sah mich auf der Empore sitzen. Sie ging in eine Ecke zu einem Bücherstand, nahm ein Buch in die Hand und blätterte darin. Dann ging sie zur Treppe und kam zu mir herauf.

Sie lächelte, so als kenne sie mich von irgendwoher. Ich steckte meinen Notizblock ein und stand auf.

Sie sei Niederländerin, habe mich von einem Foto in der heutigen Zeitung wiedererkannt.

Sie drückte mir die Hand und sagte: »Ich freue mich, Sie kennenzulernen.«

Ich stellte ihr einen Stuhl hin.

»Leben Sie hier?«

»Sag ruhig du«, sagte sie. »Nein, ich lebe nicht hier, sondern in Kapstadt.«

Sie war etwas über vierzig und sah nicht glücklich aus.

»Ich lebe jetzt schon vierzehn Jahre in Südafrika. Ich hatte gar nicht die Absicht, so lange hier zu bleiben. Ich kam mit meinem Mann her, um mich hier umzuschauen, mal etwas anderes zu machen, und jetzt sind vierzehn Jahre vergangen.

Ich habe mich hier nie zu Hause gefühlt, nie. Die Gesellschaft nimmt einen nicht auf, man wird ausgegrenzt. Es ist mir nie gelungen, eine feste Anstellung zu bekommen, man kriegt sie einfach nicht. Ich kam zufällig herein, da sah ich dich auf der Empore sitzen. Warum sitzt du hier eigentlich?«

»Ich schaue herum, mache mir Notizen«, sagte ich.

Sie schreibe Gedichte auf Afrikaans.

»Ich habe das Gefühl, daß ich nicht auf Afrikaans dichten darf. Wenn ich eins meiner Gedichte irgendwo vorlese, werde ich schief angesehen. Als hätte ich etwas gestohlen. Ich werde nie zu Lesungen eingeladen. Meine Gedichte zählen einfach nicht. Ich fühle mich so allein in diesem Land!«

Ich holte zwei Tassen Kaffee. Sie bot mir eine Zigarette an und erzählte, sie arbeite manchmal als Sekretärin für Firmen. Sie sprach von ihrem Mann, einem Belgier, von ihrer schon vor Jahren gescheiterten Ehe und von den südafrikanischen Frauen, die so eifersüchtig seien.

»Sobald ich mich irgendwo mit einem Mann unterhalte, taucht immer sofort eine Frau auf, nimmt ihn am Arm und zieht ihn an sich. O mein Gott. Und diese Männer tun, als hörten sie nur auf ihre Frau, in Wirklichkeit gehen sie alle fremd. Es passiert mir so oft in diesem Land, daß ich mit geschlossenen Augen auf die zeigen kann, die es tun.«

»Und du?« fragte ich.

Sie tat so, als habe sie meine Frage nicht verstanden. Sie redete über Literatur und ihre Dichtung.

»Hast du etwas mit den Männern?«

Sie lächelte.

»Das ist keine Art«, sagte sie. »Wie kannst du dich unterstehen, einer anständigen Frau so eine Frage zu stellen?«

»Ich mache Porträts. Also kannst du es mir ruhig sagen. Sag mir, wer du bist und was du tust.«

»Sobald du mit einem südafrikanischen Mann allein in einem Zimmer bist und du knöpfst den obersten Knopf deiner Bluse auf, öffnet er unverzüglich den Reißverschluß seiner Hose. Wie oft, glaubst du, habe ich das erlebt! Neulich ging ich mit dem Direktor der Firma, für die ich arbeitete, zu einer Konferenz. Auf dem Rückweg hielten wir bei einem Haus, einem Häuschen an. Komm! Laß uns etwas trinken, sagte er. Ich ging mit ihm hinein, es war ein Ferienhaus. Kaum waren wir drinnen, da zog er sich aus, er wolle so gern mit mir duschen.«

»Hast du es getan?«

»Nein, natürlich nicht. Es macht keinen Spaß hier. Das Leben hat mich ausgeschlossen, ausgestoßen. Ich mache manchmal einen vergeblichen Versuch dazuzugehören.«

»Wie?«

»Indem ich mich verliebe. Zum ersten Mal in meinem Leben habe ich vor dem Bild der Muttergottes gebetet. Sie erhörte mich. Eine Woche später habe ich mich verliebt. Doch es war der Falsche. Er ist verheiratet und hat fünf Kinder. Manchmal muß ich einen Monat warten, bis es ihm gelingt, seine Frau wieder irgendwo auf dem Markt loszuwerden und kurz bei mir vorbeizukommen. Das ist Südafrika. Die einzige Hoffnung, die mich am Leben hält, ist ein Gedicht. Ein paar Gedichte, die ich einmal veröffentlichen werde und die mich retten werden.«

Ich küßte sie. Sie ging. Ihr Name war Ellen.

3

Ich blieb noch einen Moment sitzen. Dann steckte ich meine Notizen ein, ging hinunter und verließ den Saal. Draußen stand Sophia. Ich wußte nicht, was tun. So viel Zeit hatte ich nicht mehr. Morgen oder übermorgen würde ich ja vielleicht schon weiterreisen.

»Deine Gedichte haben mir gut gefallen«, sagte ich ohne Einleitung auf Niederländisch.

»Wirklich?«

»Wirklich! Magst du mir noch eines vortragen?«

»Was?«

»Eins von deinen Gedichten. Jetzt!«

Sie lachte: »Ek kan nie in hierdie gewoel nie, in dem Gewühl hier kann ich das nicht.«

Ich folgte ihr nach draußen.

Im Dunkeln gingen wir durch mehrere Gassen. Wir kamen zu einem Garten im Kolonialstil mit klassizistischen schmiedeeisernen Gittern, hinter denen sich ein Lokal befand.

»Wil u, wil jy ook 'n glasie wyn drink?« fragte sie.

»Ja, ich möchte ein Glas Wein mit dir trinken.«

Sie suchte einen freien Tisch in einer ruhigen Ecke. Ich setzte mich ihr gegenüber. Durch das Fenster fiel Laternenlicht auf ihren Hals und ihre linke Schulter und wanderte an ihrem Arm entlang.

Die Kellnerin kam, ein junges Mädchen.

»Wyn asseblief!«

Sophia stellte die Tasche auf ihren Schoß, nahm einen schmalen Gedichtband heraus und stellte die Tasche wieder auf den Fußboden.

Das Mädchen stellte zwei Gläser Wein auf den Tisch.

Sophia roch daran, kostete und sagte: »Diesen Wein trinken wir nicht!«

Sie hatten selbst Weinberge. Wir ließen die Gläser stehen. Sie schlug den Band auf und las vor:

> *ek skryf vir jou*
> *die laatson se wegraak*
> *op die smal bote*
> *van tot siens*
> *die outydse gewuif*
> *van 'n wit sakdoek*
> *die weet jy tog*
> *dit skryf 'n mens nie (...)*

ich schreibe für dich
die späte Sonne ist
über dem schmalen Boot
des Abschieds untergegangen
das altmodische Winken
eines weißen Taschentuchs
das kennst du doch
das schreibt man nicht (...)

Ich verstand es, und ich verstand es nicht.

Sie las noch drei Gedichte vor. Während sie las, sah ich sie an und hörte ihr zu. Ich muß aufpassen, dachte ich. Ich bin ein Reisender, und morgen sehe ich sie vielleicht nicht mehr. Am Ende des Abends mußte sie nach Hause, auf ihren Bauernhof außerhalb der Stadt. Ihre Kinder warteten auf sie.

»Ich wäre gern länger bei dir«, sagte ich.

⊠ Drei ⊠

In Trablus standen zwei große Kanonen über dem Tor. Nie zuvor hatte ich solche außergewöhnlichen Schußwaffen gesehen. Trablus wird an drei Seiten vom Meer begrenzt. Geschäftiges Treiben in den Häfen und viele Fremde auf dem Basar. In den Gärten vor den Häusern wurde Weizen angepflanzt. Viel Zuckerrohr. Frauen preßten den Saft heraus. Kinder rannten durch die Hafengassen und saugten an einem Halm. Ich steckte mir auch einen in den Mund. Köstlich, dieser Zucker aus Trablus!

1

Den Geschmack des Zuckerrohrs von Trablus im Mund, hörte ich Dawud zu. Was er erzählte, klang uns neu in den Ohren. Früher hatte er uns solche Sachen nie erzählt. Wir, die Männer der Gruppe, fühlten uns ein wenig unbehaglich dabei, wenn er in Sorayas und Frugs Gegenwart von seinen Gefühlen für Sophia sprach.

Rumi war schon lange verheiratet. Frug seit vorigem Jahr. Malek, Soraya und ich, wir waren unverheiratet.

Vor unserem Tod haben Malek und ich nie intimen Kontakt mit einer Frau gehabt. Die Liebe haben wir nicht erlebt. Wir haben sogar noch nie eine Frau geküßt.

Auch Soraya kannte die Liebe nicht.

Soraya liegt auf demselben Friedhof wie wir. Sie liegt dreizehn Gräber weiter rechts über mir. Manchmal kann ich ein
Stückchen ihrer Füße sehen. Der Tradition unserer Heimat
gemäß werden Tote auf der rechten Seite liegend begraben, das
Gesicht Mekka zugewandt.

Nachdem Dawud von Ellen, der niederländischen Frau erzählt
hatte, hätte ich sie gerne kennengelernt.

Aber wie?

Dawud sprach leicht und offenherzig über seine Gefühle.
Daran merkten wir, daß er sich geändert hatte. Wir waren
gespannt, was er noch alles erzählen würde.

Was Soraya und Frug von seinen Geschichten hielten, wußte
ich nicht. Vielleicht würden sie später darüber reden. Als Frau-
en waren und sind ihnen viel mehr Beschränkungen aufer-
legt. Doch ich vermute, daß sie es etwas merkwürdig fanden,
daß Dawud im Gespräch mit Ellen kein Blatt vor den Mund
genommen hatte und daß er so offen über Sophia sprach.

In der Heimat hatte er das nicht getan. Ein Iraner drückt
sich in verblümten, verschleierten Worten aus. Unsere Kultur erlaubt uns nicht, unsere Meinung ganz offen zu äußern.
Doch Dawud sagte, was er sagen wollte. Wir merkten, daß die
Flucht ihn verändert hatte.

Am nächsten Tag beschlossen wir Männer, in die Stadt zu
gehen. Ich redete nicht darüber, aber insgeheim hoffte ich,
Ellen in die Arme zu laufen.

Was Frug und Soraya in unserer Abwesenheit vorhatten,
wußten wir nicht. Sie sagten nichts. Wir ahnten, daß sie neugierig auf Sophia waren. Vielleicht wollten sie wissen, wie die
Frau aussah, von der Dawud ein Gedicht summte, als er uns
verließ:

ek stuur vir jou
die kleur van 'n ster
in die stil karoo ...

ich schicke dir
die Farbe eines Sterns
in der stillen Karoo ...

2

Es ging auf den Abend zu. Den ganzen Nachmittag waren Rumi, Malek und ich durch die Stadt geschlendert. Vergeblich suchte ich nach einer Frau mit auffällig rotem Haar. Vor einem Gebäude mit einem hohen Tor standen viele Menschen. Wir schlossen uns ihnen an und gingen hinein.

Wir kamen in einen vollen Saal. Vierhundert, fünfhundert Leute. Wir wollten sofort wieder gehen, doch es war etwas Besonderes los. Drei schwarze ANC-Politiker debattierten mit zwei Weißen. Sie sprachen Englisch, manchmal wechselten sie ins Afrikaans.

Es war kein Sitzplatz mehr frei, daher blieben wir bei der Tür stehen. Die Diskussion drehte sich um »den Umgang« mit der Vergangenheit. Den englischen Bemerkungen konnten wir folgen, doch wenn sie ins Afrikaans übergingen, verstanden wir sie nicht mehr. Dennoch machte es Eindruck auf uns. Die Vergangenheit war ein Thema, das uns beschäftigte. Vor allem Malek und mich, wir hatten nichts anderes als unsere Vergangenheit.

Sie diskutierten, wie sie der neuen Gesellschaft Gestalt geben und wie sie gemeinsam weitermachen sollten.

Wir hörten ihnen aufmerksam zu und versuchten, ihnen

zu folgen. Einer der weißen Politiker, der einen tragbaren Computer bei sich hatte und sich aus ihm seine Argumente holte, sagte zu den ehemaligen ANC-Kämpfern: »Wovon redet ihr? Die Weißen Südafrikas sind die ärmsten Europäer der Welt.«

Alle lachten.

Einer der ANC-Männer konterte sofort: »Jetzt, wo du so einen supermodernen Computer auf dem Schoß hast, müßtest du auch wissen, daß nur zwei Prozent der Johannesburger Börse von Schwarzen kontrolliert wird und der Rest, also achtundneunzig Prozent, von Weißen.«

Er hatte seinen Satz noch nicht zu Ende gesprochen, als der andere weiße Politiker schon zum Angriff überging: »Man muß der Sache gewachsen sein, sonst macht die Johannesburger Börse sofort pleite. Kapierst du?«

Der Saal lachte.

Wir fanden es spannend. Sie waren wir. Wie soll ich es sagen. In der Haltung der ehemaligen ANC-Kämpfer erkannten wir unsere alten Kameraden.

Dawud kannte manche Ex-Kämpfer von früher, aus der Zeit, da er in seiner Heimat in der Untergrundbewegung aktiv war. Gestern mittag hatte er sich mit einigen von ihnen in einem Lokal getroffen.

Sie hatten Wein zusammen getrunken. Südafrikanischen Rotwein. Und sie hatten über früher geredet, über die Zeit des Schahs, über die Revolution und den Aufstieg der Geistlichen.

Alle waren gegangen, nur wir standen immer noch bei der Tür und beobachteten die ehemaligen Kämpfer, besonders den, der sich auf einen Spazierstock stützte. Das war ich. In seiner Art des Debattierens erkannte ich mich selbst. Auch in seinem Äußeren. Wenn ich am Leben geblieben und grau geworden wäre, hätte ich ihm ähnlich gesehen.

Wir schlenderten durch die inzwischen dunkel gewordenen Straßen und betrachteten die Häuser, die Menschen. Jedesmal wenn wir an einer Kneipe vorbeikamen, schauten wir zum Fenster hinein. Rumi und Malek waren müde und wollten nichts mehr sehen.

Ich schon. Ich suchte nach etwas Kräftigem, um mich wieder ans Leben zu binden. Einen Halt, um das enge Grab zu verlassen.

Bei einer Kneipe öffnete ich vorsichtig die Tür und steckte den Kopf hinein. Ein herrlicher Geruch nach Alkohol, Salami und Tabak schlug mir entgegen. O Leben, dachte ich. Es war viel Betrieb, alle tranken und rauchten. Ich schaute noch einmal hin und sah am Ende der Bar im Zigarettenqualm eine Frau mit rotem Haar sitzen.

»Kommt, laßt uns etwas trinken!« sagte ich.

Rumi trank keinen Alkohol, wir schon, doch wir hatten nie welchen in einer Kneipe getrunken. In der Stadt, in der wir gewohnt hatten, gab es keine Kneipen. Bei uns geht man lieber ins Teehaus.

Wir traten ein. Rumi ging ein wenig widerwillig mit. Wir gingen an den Leuten vorbei, die an der Bar standen. Die Musik war zu laut. Ich näherte mich der Frau mit dem roten Haar, tat, als suchte ich einen Platz. An ihrem Tisch waren zwei Stühle frei. Sie lächelte und machte eine einladende Bewegung. Ich suchte noch einen extra Stuhl. Wir setzten uns. Sie war mit einem Text beschäftigt, nippte gedankenverloren an ihrem Weinglas, schrieb etwas, strich Wörter durch und fügte neue hinzu. Wir blieben ruhig sitzen.

Rumi hatte es noch nicht begriffen, aber Malek sah mich an, sagte leise: »Schau, sie hat auch rotes Haar. Sollte sie die Frau sein, von der ...«

»Vielleicht. Vielleicht auch nicht. Nein, ich glaube eher nicht.«

Ob es Ellen war oder nicht, war mir egal. Sie glich der Frau, die ich suchte. Neben ihrem Glas lagen zwei Bücher.

Sie hob den Kopf, sah uns an, lächelte und arbeitete weiter an ihrem Text. Offenbar war sie mit einem Gedicht beschäftigt.

Der Kellner kam. Was wir trinken wollten. Tja, das war die Frage. Ich zeigte auf das Glas der Frau. Wein!

Malek wollte das gleiche. Rumi nahm frischen Mangosaft.

Als wir trinken wollten, hob die Frau das Glas ein wenig. Wir taten es ihr nach und ich sagte: »Nusch!«

»Was?« sagte sie.

»Nusch«, sagte ich und erklärte auf Englisch, das bedeute ›Prost‹ auf Persisch.

»Nusch dann«, sagte sie lächelnd.

»Poesie?« fuhr ich fort. »Auch wir lieben Dichtung.«

Sie blickte mich fragend an. Im Licht der Hängelampe sah ich ihre Augen.

»Seid ihr etwa Gäste der Nacht der Poesie? Dichter oder so?« fragte sie.

»Nein, wir sind keine Dichter! Wir sind Gäste, Liebhaber!« sagte ich.

»Woher kommt ihr?«

»Von der anderen Seite des Indischen Ozeans. Aus Persien.«

»Apart!« sagte sie lachend.

Sie genoß die Aufmerksamkeit, die wir ihr schenkten.

»Sie arbeiten an einem Gedicht?« fragte ich.

»Eigentlich schon. Beängstigend manchmal, so ein Gedicht.«

»Wieso beängstigend?«

»Ich weiß nicht, wie ich es erklären soll. Man schreibt etwas auf, manchmal ist man wochenlang damit beschäftigt und weiß nicht, was es ist, was es wird. Manchmal geht es völlig schief, ein peinliches Fiasko. Dieses Gedicht hier ist meines Erachtens eins von der vertrackten Sorte. Seit Wochen bin ich damit beschäftigt, doch ich traue mich noch nicht, es jemandem zu zeigen.«

»Lesen Sie es uns vor, wenn Sie wollen!«

»Vorlesen?! Meint ihr das wirklich?« fragte sie überrascht. »Versteht ihr Afrikaans?«

»Nein, das nicht, aber das macht nichts. Wir hören die Klänge, den Rhythmus Ihres Gedichts, und Sie können es uns doch auf Englisch übersetzen, es interpretieren, wenn Sie wollen.«

»Unheimlich«, sagte sie, »oder eigentlich auch wieder nicht. Ich traue mich schon. Vor allem, weil ich euch nicht kenne, darum kann ich es. Ehrlich ist ehrlich, ihr müßt mir aber danach eure Meinung sagen.«

»Das tue ich. Das tun wir.«

Sie zündete sich eine Zigarette an. Lang, lang war es her, seit ich zum letzten Mal eine Zigarette geraucht hatte. Ich sehnte mich danach, daß sie mich fragen würde: »Zigarette?«

Aber sie tat es nicht.

Sie nahm einen Schluck, hielt das Gedicht ins Licht und sagte: »Es ist noch nicht fertig, aber okay, ich lese es vor. Und ich habe Fremden noch nie meine Gedichte vorgelesen:

Soos Inhaca kyk na die kus, is ek gekeer
na jou, met my sagte mond, my borste.
Hoe lank nog eer ek my met jou breë
kasjoeneutbosse verenig, eer ons immekaarpas,
jou bruin liggaam my liggaam?

Wie Inhaca zur Küste schaut, so wende ich mich
dir zu, mit meinem weichen Mund, meinen Brüsten.

Wie lange noch, bis ich mich mit deinem breiten
Cashewnußwald vereinige, wir ineinanderpassen,
dein brauner Körper mein Körper?

»Schön!« sagte ich. »Wirklich, das ist mein Ernst.«

»Also versteht ihr Afrikaans?«

»Nein«, sagte ich. Aber wie sollte ich es ihr erklären. Für mich war dieser Augenblick, diese Nacht, in der sie ihr Gedicht vorlas, völlig anders als für andere. Nicht nur sie war wichtig, sondern alles, die afrikaansen Klänge, der Rhythmus, der Lichtschein, der auf ihr Gesicht und auf das Gedicht fiel, das Zögern in ihren Augen, die Kneipe, die Männer, die Frauen an der Bar und der Kellner, die Musik, der Wein, das Glas Mangosaft und wir, die wir um den Tisch saßen, und sie, die uns ihr Gedicht auf Englisch erklärte – ja, all dies zusammen war von unwiederbringlicher Schönheit.

Nachdem sie uns das Gedicht interpretiert hatte, fanden wir es noch schöner.

»Charmante Männer seid ihr«, sagte sie.

Die ganze Nacht sprachen wir über Wein, über Gedichte und über Südafrika.

Ich rauchte fünf Zigaretten mit ihr. Sie fand es gemütlich, daß ich mit ihr rauchte.

»Eine besondere Nacht«, sagte sie. »Am Anfang des Abends war ich so traurig, daß ich dachte, diese Nacht würde nie enden. Jetzt wünschte ich, diese Nacht würde nie mehr enden.«

Wir schlenderten durch die leeren Straßen und begleiteten sie nach Hause. Im Schein einer Laterne nahmen wir Abschied.

»Lebt wohl!« rief sie.

»Leb wohl!« sagten wir.

Später, wenn ich wieder in meinem Grab liege, werde ich an sie denken. Und ich werde den Schluß ihres Gedichts, das sie für mich abgeschrieben hat, auswendig lernen:

Wie lange noch, bis ich mich mit deinem breiten
Cashewnußwald vereinige, wir ineinanderpassen,
dein schilfbewachsener Arm um mich,
dein brauner Körper mein Körper?

⋈ Vier ⋈

Kurz bevor das Tor geschlossen wurde, kam ich in Harés an. Es
war dunkel geworden. Auf alle Dächer hatten Frauen Körbe voller
Früchte gestellt. Und Vasen mit Blumen. Was war geschehen?
Es war die letzte Nacht des Sommers. Nach den Berechnungen der
Astronomen erscheint der Stern Soheyl genau in dieser Nacht am
Himmel. Soheyl beschützt die Früchte und Blumen.

1

In der folgenden Nacht, als wir uns wieder mit Dawud trafen,
fehlten Soraya und Frug. Neugierig, wohin sie wohl gegangen
waren, warteten wir auf sie. Als sie endlich kamen, leuchteten
ihre Augen im Dunkeln.

»Wo wart ihr?« fragten wir.

»Spazieren.«

»Aber warum seid ihr so spät?«

Sie schwiegen, doch als die Nacht zu Ende ging und Dawud
fort war, erzählten sie uns von ihrem Spaziergang.

Früher hatte Soraya Dawud im stillen geliebt. Davon hat
er nie etwas gemerkt, weil er sie immer als seine Schwester
betrachtete. Später wurde Soraya verhaftet und im Gefängnis
umgebracht.

Jetzt, da Soraya merkte, daß eine südafrikanische Frau

Dawuds Herz gestohlen hatte, wurde sie neugierig. Sie wollte wissen, wer diese Frau war und wie sie aussah. Soraya nannte keinen Namen, doch ich ahnte, daß sie Sophia meinte.

Vielleicht irrte ich mich. Woher sollte sie wissen, wo Sophia wohnte?

Sie war mit Frug zu einem Bauernhof gegangen, und dort hatten sie heimlich durch ein Fenster geschaut. Soraya sprach von einer weißen südafrikanischen Frau:

»Wir schlichen uns leise durchs Gestrüpp an ihr Fenster heran. Sie saß allein am Tisch in der Küche, ein Glas Wein vor sich. Außerdem standen drei Schüsseln mit Obst da. Eine Schüssel mit Äpfeln, eine mit Pflaumen und eine mit Birnen. Aus dem Haus erklang leise Musik. Die Frau schälte das Obst, schnitt es in Stücke und legte sie auf ein Brett, ab und zu nahm sie einen Schluck Wein.«

»War es eine schöne Frau?« fragte Malek.

»Sie hatte eine Art afrikanischen Charme«, sagte Soraya, »man kann durchaus sagen, daß sie schön war. Richtig sehen konnten wir sie erst, als sie aufstand. Sie war weder schmal noch groß, sie hatte einen schönen Körper. Eine schwarze Frau tauchte in der Küche auf, nahm vorsichtig das Brett mit den Obststücken und ging damit hinaus. Nun wusch die andere sich die Hände, setzte sich wieder an den Tisch, trank einen Schluck und blickte aus dem Fenster in die Dunkelheit.

Irgendwo auf dem Feld hörten wir einen Traktor. Im Lichtstrahl der Scheinwerfer sahen wir zwei schwarze Männer, die dem Fahrer dabei halfen, schwere Fässer in den Keller zu tragen. Im Schutz der Bäume schlichen wir uns hin und spähten durch eine Luke, sahen Hunderte Weinflaschen und Dutzende großer Tonfässer. Die Männer stellten die Fässer nebeneinander und löschten das Licht.

Die schwarze Frau, die die Obststücke geholt hatte, ging in

eine Scheune am anderen Ende des Hofs. Wir folgten ihr. Sie legte das Brett auf einen Tisch, öffnete die Tür eines langen Ofens und steckte kurz die Hand hinein, um die Temperatur zu prüfen. Wir hörten Schritte. Die Frau erschien, die wir gerade noch am Fenster hatten sitzen sehen. Sie trat in die Scheune, und auch sie prüfte die Wärme des Ofens. Dann setzte sie sich ans Fenster. Hunderte Fliegen umschwirrten die Hängelampe, sie holte ein Buch hervor und begann zu lesen.«

Als Soraya schwieg, legten wir uns unter die Sterne und verschränkten die Arme unter dem Kopf. Wir dachten an das, was wir erlebt hatten. Soheyl, die Beschützerin der Früchte, schien auf uns herab.

2

Jeder Tag ist ein neuer Tag, sagte Dawud, und jede Nacht eine besondere Nacht. Und er erzählte uns von seinen Nächten:

Sobald ich die Augen schließe, kommt jemand aus der Vergangenheit bei mir zu Besuch, oder ich besuche ihn.

Der erste Besuch fand im Flugzeug statt. Ich zog mir eine Decke über den Kopf und versuchte zu schlafen. Ich schlief ein, und schon stand ich vor der Tür unseres Hauses. Ich klopfte an.

»Wer ist da so spät in der Nacht?«

»Ich! Macht auf!«

Die Tür ging auf und ich ging hinein, legte mich ins Bett und schlief.

Als ich in Stellenbosch war, kamen mehr Menschen aus

meiner Vergangenheit bei mir vorbei. Menschen, die tot waren, und solche, die noch lebten.

Nachts wurde mein Hotelzimmer zu einem Treffpunkt. Sobald ich den Kopf aufs Kissen legte, erschienen sie.

In der ersten Nacht kam der Lebensmittelhändler aus unserer Straße hereinspaziert. Er war ein paar Jahre zuvor gestorben. Er sah gut und gesund aus.

»Was machen Sie denn hier?« fragte ich.

»Ich wollte mal sehen, wie es dir geht.«

Er war immer schon neugierig auf meine Reisen gewesen. Wenn ich nach Hause zurückkehrte, stellte er einen Hocker neben die Theke, stellte ein Glas Tee und ein Schüsselchen mit Datteln hin und sagte: »Erzähl! Was hast du gesehen? Wem bist du begegnet?«

Selber ging er nie auf Reisen. Er hatte Angst, seine vertraute Umgebung zu verlassen. Außerdem hatte er eine hübsche junge Frau, die er nicht allein zu lassen wagte.

In der folgenden Nacht drangen plötzlich, kaum hatte ich die Augen geschlossen, alle verschleierten Frauen aus unserer Straße in mein Zimmer ein.

»Was macht ihr denn hier?« rief ich überrascht aus.

»Wir wollen dir Geschichten vorlesen«, sagten sie im Chor.

Sie sahen gesund und schön aus, und sie lachten.

Sie waren immer zu Hause. Weggehen konnten sie nicht. Eine lange Reise zu machen war ihnen nicht einmal in ihren Träumen gestattet. Doch wenn ihre Männer nicht da waren, lasen sie heimlich meine Reiseberichte.

Jetzt nahm sich jede eine Seite aus meinem Notizheft, setzte sich damit auf den Tisch, ins Fenster, auf den Stuhl, auf den Rand meines Bettes und las.

Am frühen Morgen hörte ich langsame Schritte. Leise ging die Tür auf. Ich sah einen Spazierstock. O mein Gott! Hadj Agha. Unverzüglich richtete ich mich auf.

»Salam alaikum! Was machen Sie denn hier?!«

»Ich komme vorbei, um dir dieses Buch zu geben.«

Es war das älteste persische Reisebuch von Naser-e Khosrou, in dem ich früher viel gelesen hatte. Wie oft hatte er das Buch gelesen? An die dreihundert Mal? Hadj Agha legte das Buch auf den Rand meines Bettes und verschwand.

Und dann kamt ihr. Erst Frug. Dann Attar und Malek. Etwas später Rumi. Und schließlich Soraya. Ich nahm euch mit.

3

Gestern habe ich Chris kennen gelernt, erzählte Dawud weiter. Zu der Reisegruppe gehören zwei Dichterinnen, die beide ihre Ehemänner mitgenommen haben. Einer von ihnen ist Chris.

Mit den Dichterinnen hatte ich zuvor keinen Kontakt gehabt, wir waren getrennt hierher gereist. Ab morgen ziehen wir gemeinsam durchs Land.

Gestern habe ich mich mit Chris zum ersten Mal unterhalten, einem ruhigen Mann um die Sechzig. Er macht einen sehr verlegenen Eindruck, geht jedem Kontakt aus dem Weg und redet mit niemandem.

Als ich ihn traf, saß er auf einer Bank und schrieb wohl einen Brief, zumindest sah ich einen Briefumschlag auf seinem Schoß. Ich grüßte ihn und ging weiter.

»Bist du heute auch wieder in die Berge gegangen?«

Ich sah mich um, konnte nicht glauben, daß es Chris war, der mir die Frage stellte.

»Haben Sie etwas gesagt?«

»Der andere Berg«, murmelte er, ohne aufzuschauen, »der ist schön. Hast du diesen Berg heute bestiegen?«

42

»Ja, stimmt, diesen Berg«, sagte ich erstaunt.

»Hat es Spaß gemacht?«

»Ja, und ob.«

»Ich wäre gern mitgegangen.«

»Das wußte ich nicht, sonst wären wir zusammen gegangen.«

»Morgens in aller Frühe sah ich dich aufbrechen, ich wollte dich rufen, aber du ranntest schon los. Ich folgte dir mit dem Fernglas bis in die Berge.«

»Wie nett, ich meine, wie schade«, sagte ich. »Wenn wir morgen nicht weiterreisen würden, könnten wir zusammen den anderen Berg besteigen.«

»Ja, der andere ist auch schön. Viele Vögel gibt es dort, aber sonst keine Tiere, jedenfalls habe ich keine gesehen«, sagte er, dann schwieg er.

Ich ging weiter. Doch er überraschte mich wieder.

»Du bist ein guter Erzähler. Du fesselst mich jedesmal aufs neue«, hörte ich ihn sagen.

Ich wunderte mich, ich konnte mir nicht denken, wo er mich gehört haben könnte.

Ich wandte mich um und sagte: »Wir hatten noch keine Zeit, miteinander zu reden. Wie geht es Ihnen?«

»Ich bin zufrieden«, sagte er. »Erst hatte ich ein wenig Angst. Ich mag Schriftsteller nicht so, Journalisten, alles schwierige Menschen. Normalerweise begleite ich meine Frau nie. Aber diesmal wollte ich nicht allein zu Hause bleiben. Ich finde dich gut.«

»Danke! Haben Sie etwas von mir gelesen?«

»Nein, das ist nicht nötig«, sagte er und sah weg.

Ich konnte kaum glauben, daß dies derselbe Mann war, dem ich schon ein paarmal im Hotel begegnet war. Dort war er schweigsam gewesen und jedem Kontakt ausgewichen.

Ich lachte laut. Er reagierte nicht. Von da an mochte ich

ihn. In jenen Tagen hörte ich viel über südafrikanische Geister. Für mein Gefühl war er einer der Geister, die uns auf dieser Reise begleiteten.

▷◁ Fünf ▷◁

Das Meer von Oman, das große, erhebt sich zweimal in der Nacht:
Flut.
Das Meer von Oman zieht sich zweimal zurück: Ebbe.
Mit eigenen Augen sah ich die hohe Flut wie eine Mauer aus dem
Wasser aufragen.
Und ich sah die tiefe Ebbe wie eine lange unendliche Mulde im
Wasser liegen.
Man sagt, der Mond sei die Ursache dafür.
Ich blieb lange dort stehen, blickte zum Mond, blickte auf das
große Meer.

1

Am folgenden Tag verließ Dawud Stellenbosch mit den Dichterinnen. Von Sophia hatte er nichts mehr gehört. Sie hatte
nicht einmal Abschied von ihm genommen. Das tat weh. Aber
vielleicht war es ja besser so.

Später erzählte Dawud folgendes:

Die beiden niederländischen Dichterinnen saßen im Kleinbus
nebeneinander auf der mittleren Sitzbank. Es klingt merkwürdig, aber ich konnte nicht zu ihnen. Wir waren durch eine

Mauer getrennt. Ich mag sie, aber sie sind schwer ansprechbar. Für mich sind sie wie zwei Engel, die ständig mit ihren Gedichten beschäftigt sind. Immer, wenn man sie trifft, hört man folgendes: »Sag, was meinst du? Welches Gedicht soll ich vorlesen? Ich selber finde das hier schön, und du?«

Chris' Frau las:

Was sie jetzt herausbekam
Beschäftigte mich nicht

Daß es Verrat war
Daß es Liebe war also
Die uns trunken machte
Und wieder nüchtern, schlaflos
Und arm, die unsere Stimme ausgrub
Die Licht brachte
Und Finsternis.

Rudy, den Mann der anderen Dichterin, finde ich ebenfalls sympathisch. Er ist freundlich, sagt nichts und hält Abstand zur Gruppe. Er hat einen Camcorder bei sich, sitzt immer neben dem Fahrer und filmt alles. Gleichzeitig spricht er einen kurzen Bericht in ein Mikrofon. Man hört ihn nur, wenn er in das Mikrofon spricht. In solchen Augenblicken wird er auf ungewöhnliche Weise lebendig.

Im Vorbeifahren nahm er die Straßen von Stellenbosch auf und die Kneipen, in denen sich die Studenten für immer niedergelassen zu haben schienen.

Er filmte auch uns und machte von allen ein Porträt. Erst zoomte er auf den Fahrer: »Hallo Professor, alles in Ordnung?« Und kommentierte: »Der Professor ist unser Reiseleiter. Er unterrichtet Afrikaans und ist in Utrecht geboren. Er war fünf, als seine Familie nach Südafrika emigrierte.«

Der Professor hat immer einen Sommerhut auf und im

Mundwinkel eine Zigarre, »für später«. Auch er ist schweigsam. Man spürt, daß er etwas verbirgt. Aber was? Man kommt nicht dahinter, denn er redet nicht. Und wenn er redet, spricht er von Utrecht. Er erinnert sich verschwommen an seinen letzten Tag dort. Nostalgisch beschreibt er einen romantischen Herbstnachmittag vor etwa einem halben Jahrhundert. Und vor seinem inneren Auge taucht eine Kirche auf, deren Glocke läutet, eine fahrende Kutsche mit einem braunen Pferd und mit rotem Stoff bezogene Sitze, eine Gruppe radelnder Männer in langen schwarzen Mänteln und Hüten auf dem Kopf, und er hört das anhaltende Pfeifen eines Zugs in der Ferne.

»Sind Sie je wieder in Utrecht gewesen?«

»Nein, nie. Ich bin zwar ein paarmal in Amsterdam gewesen, aber nie mehr in Utrecht.«

»Warum nicht?«

»Ich wollte es nicht, ich weiß, daß Utrecht nur in meiner Phantasie so ist, aber es ist eine Art Beweis meiner Identität, ich möchte es so lassen.«

Der Kameramann zoomte auf eine der Dichterinnen: »Anneke dichtet, sie hat vier Bände veröffentlicht. Jetzt arbeitet sie am fünften.«

»Hallo Agnes! Agnes ist meine Frau. Drei Bände. Arbeitet am vierten.«

»Hier haben wir Chris, Annekes Mann. Ein schweigsamer Mann!«

»Hallo Dawud. Ja, Dawud. Ein Fremder unter uns. Wo man ihm auch begegnet, macht er sich Notizen. Ansonsten spricht er mit niemandem.«

Alle lachten.

Er filmte die Landschaft. »Olivenfelder. Seltsame Sträucher. Blaubrauner Himmel. Dunkle Berge, Vögel, Vögel und nochmals Vögel.«

Wir waren unterwegs nach Kapstadt. Ich schaute aus dem Fenster. Ich mußte an einen Besenstiel denken. Während der Apartheid wurde Niclo Pedro, das namhafte MK-Mitglied aus Kapstadt, hier festgenommen. Er war nach Lesotho unterwegs, wo er sich mit anderen MK-Mitgliedern treffen sollte. Ihre Namen standen in einem Brief, den er erst hinter der Grenze öffnen durfte.

Als er verhaftet wurde, aß er den Brief auf. Der notorische Menschenschinder Benzien brachte ihn in ein Zimmer, breitete eine Zeitung auf dem Boden aus und befahl Pedro, seine Notdurft zu verrichten. Der Folterer zog Gummihandschuhe an und untersuchte die Exkremente. Dann steckte er Pedro einen Finger in den Anus. Er nahm einen Besenstiel und sagte: »Ich werde den Brief finden, und wenn ich hiermit bis zu deinem Magen muß!«

Der Nobelpreisträger Tutu sagt: »Man muß verzeihen, denn Gott hat uns den Mord an seinem Sohn auch verziehen.«

Tutu plädiert für eine neue Identität Südafrikas. Er sagt: »Menschen sollten sich im Leben nicht als Schwarze und Weiße gegenüberstehen. Sie sollten sich im Gegenteil darüber freuen, daß sie verschieden sind und dadurch ihre Identität in vielerlei Weise bereichern können.«

Ich nehme mir Tutus Rat zu Herzen und versuche, Menschen nicht als Schwarze und Weiße zu sehen. Aber in diesem Land gelingt mir das nicht. Schwarz und Weiß stehen einander gegenüber wie zwei Seiten eines Rechtecks.

Wir fuhren nach Kapstadt hinein.

Der Professor fuhr direkt in die Innenstadt, und der Mann mit der Kamera filmte alles: »Schmale Gassen. Einfache Läden. Manchmal hohe Mietshäuser, manchmal Flachbau. Busse, Taxis, fabrikneue Mercedesse, ein schrecklich schicker

weißer BMW, schwarze Stadtstreicher, Frauen, die Perlenarm-
bänder verkaufen, ein Balkon, der Balkon, auf dem Mandela
seine erste Rede nach seiner Freilassung hielt.«

Wir kamen an einen Platz, wo viele Überlandbusse standen.
Dort parkte der Professor bei einem alten Baum, unter dem
eine Frau in einem rotbraunen, ärmellosen Kleid stand. Erst
erkannte ich sie nicht. Sophia.

Der Professor hatte sie gebeten, uns in Kapstadt Gesellschaft zu leisten. Sie stieg ein, begrüßte alle und setzte sich
neben die Dichterinnen.

Die Stadt bekam eine Seele. Alles wurde plötzlich lebendiger.
Alles erregte meine Aufmerksamkeit. Ich sah hohe luxuriöse
Gebäude. Es hätte New York sein können.

Ich sah kleine, schiefe, brüchige Häuser. Waren wir in
Afghanistan?

Kapstadt hat verschiedene Gesichter. Die Stadt hat alles,
was man jemals in anderen Städten gesehen hat. Sogar einen
Teil seiner eigenen Stadt sieht man dort.

Der Professor hielt vor einer mächtigen Burg, der ersten
Festung der Holländer, um 1600 errichtet, mit dicken Mauern
und alten Kanonen. Die Holländer waren mit ihren Schiffen
in dieses Land gekommen und hatten die Burg zur Sicherheit
an die Bergwand gebaut; auf den Gipfel hatten sie große Kanonen gestellt, die Geschützrohre auf Meer und Land gerichtet.

Die Mauern, die Fenster, die Dächer, die Türen und die Fuß-
böden sind wie für die Ewigkeit gemacht.

Der Professor lud uns in einem der alten Innenhöfe zu einer
Führung ein.

Ich ging nicht mit. Ich stieg über die alte Steintreppe aufs
Dach, um von dort aus das Meer zu sehen, das die Holländer
einst mit ihren Schiffen befahren hatten.

Die Holländer waren fort, doch die Festung war geblieben.
Die Sonne hatte vierhundert Jahre lang auf ihre Burg geschie-

nen, und auch auf ihre Sprache. Die Burg war alt geworden, doch die Sprache hatte sich erneuert und sich die afrikanischen Rhythmen einverleibt.

Ich stand auf dem Dach und dachte: Sie sind fort. Zurückgeblieben sind die leeren Zimmer, die matten Fensterscheiben und die blinden Spiegel mit Goldrahmen.

Der Gedanke machte mich traurig.

Ich hörte leise Schritte auf den Stufen. Jemand stieg herauf, jemand kam aufs Dach, jemand kam auf mich zu.

Ich sah mich um.

Sophia.

Sie stellte sich neben mich und blickte mit mir aufs Meer.

»Ich habe mich geirrt«, sagte ich, während wir aufs Meer schauten. »Ich dachte, alle Holländer der damaligen Zeit seien fort, hätten sich in Nichts aufgelöst, ich dachte, alles sei vorbei, und das machte mich traurig. Da hörte ich Schritte und du erschienst und ich sah, daß sie nicht fort sind, nicht verschwunden, daß sie immer noch da sind.«

Ich sah sie an, sie war die verflossene Zeit, die jetzt zurückgekehrt war. Wenn auch nur kurz.

Wir stiegen die Treppe hinab und besichtigten gemeinsam die alten Zimmer, in denen die Habseligkeiten der ersten Bewohner ausgestellt waren. Eigentlich war es verboten zu fotografieren und zu filmen, doch unseren Kameramann kümmerte das nicht. Er filmte die Frauenkleider in den Schränken, einen Safarihut, einen Spazierstock, ein Rattanbettgestell, ein Stoffpüppchen, ein Teeservice, Löffel, zwei Teller mit Goldrand, ein Paar Lederschuhe, ein Schächtelchen mit alten Schminkresten und einen Spiegel, einen kleinen Spiegel, in den Sophia schaute.

Gegen Abend brachte uns der Professor zum Hotel und setzte Sophia bei ihrer Unterkunft ab.

Wo übernachtete Sophia? Ich wußte es nicht. Ich wollte mit

ihr in die Stadt gehen, in einer Kneipe sitzen, doch das schien unmöglich. Außerdem warnte uns der Professor davor, in der Dunkelheit auf die Straße zu gehen. Es sei nicht sicher.

Sophia fehlte mir, ich ging in mein Zimmer und kroch ins Bett.

Sobald ich mir die Decken über den Kopf gezogen hatte, befand ich mich in einem alten Innenhof, in dem ein großer Mandelbaum stand. Ich erkannte den Baum wieder, es war kaum zu glauben. Ich war im Haus des weisen Kabir. Er trat aus seinem Zimmer auf den Hof. Er sah gesund aus, wie er da in seinem Aba stand und sich auf seinen Stock stützte.

»Ich erkannte deine Schritte. Komm! Laß dich umarmen!« rief er und breitete die Arme aus.

Ich umarmte ihn.

»Warum bist du so traurig?«

»Traurig? Ich bin nicht traurig«, sagte ich zögernd.

»Du kommst nie ohne Grund. Erzähl! Was ist los? Eine Frau?«

»Nein! Doch, ja, vielleicht.«

»Sei stark! Frauen kommen. Und Frauen gehen! Und sie stehlen dein Herz. So muß es auch sein. Komm! Du bist lange weggewesen. Wenn du die Frauen deiner Heimat wiedersiehst, wird sich deine Stimmung aufhellen.«

Er klatschte in die Hände und rief: »Wo seid ihr? Schaut doch, wer uns besucht.«

Eine nach der anderen kamen sie heraus. Seine Frau, seine Töchter, die Nachbarinnen, die Frau des Dorf-Imams, die Frau des Lebensmittelhändlers, die Frau des Totengräbers, die sechs Töchter des Bäckers, die taube Tochter des Schmieds, die tote Tochter des Teppichknüpfers, Hadjis schöne Tochter, die einen Beamten aus der Stadt geheiratet hatte, die Frau des Friseurs, die im Wochenbett gestorben war, und noch viele andere, die ich nicht kannte. Auch alle alten Frauen des Dorfs, auf ihre Stöcke gestützt, die toten und die, die doch noch am Leben waren. Alle trugen sie Festkleidung. Sie stellten sich mit Kabir unter den alten Mandelbaum wie zu einem Gruppenfoto. Und sie sahen mich schweigend an.

Es klopfte, ich stand vom Bett auf. Es war Anneke, Chris' Frau, die fragte, ob ich Lust hätte, mit ihnen essen zu gehen.

»Ja, sicher. Ich danke dir. Ich komme sofort.«

Wider Erwarten war das Essen mit ihnen sehr gemütlich. Bis dahin hatte ich sie etwas auf Abstand gehalten, doch jetzt merkte ich, daß wir einander brauchten auf dieser Reise. Ich fühlte mich wohl, als ich da so saß neben Chris. Er war ein guter Reisegefährte.

»Ich gehe noch mal in die Stadt. Gehst du mit?« fragte ich ihn.

»Was sagst du?« meinte seine Frau.

»In die Stadt. Einen Spaziergang machen.«

»Bestimmt nicht, er geht nicht mit. Übrigens, hast du nicht gehört, was der Professor gesagt hat? Die Stadt ist nicht sicher.«

»Die Geschichte kenne ich. Bei uns ist es auch so. In der Zeit des Schahs, als die Amerikaner bei uns waren, hatten sie auch Angst vor uns. Sobald es dunkel wurde, gingen sie in ihre Hotels und in die Nachtclubs und kamen erst am nächsten Morgen wieder heraus. Obwohl wir ganz gewöhnliche Menschen waren und nichts mit ihnen zu tun hatten. Sie brauchten überhaupt keine Angst vor uns zu haben.«

»Ich gehe mit«, sagte Chris leise.

»Was hast du gesagt?« fragte seine Frau.

»Warum gehen wir nicht alle zusammen?« sagte ich.

Die Dichterinnen sahen einander an. Sie fanden die Idee gar nicht so verrückt, nur der Kameramann wollte nicht mit, traute sich nicht.

Wir gingen zusammen hinaus.

Es war zehn Uhr abends und die Straßen waren leer.

»Hallo!« hörte ich unseren Kameramann vom vierten Stock aus rufen. »Wenn euch jemand von hinten packt, müßt ihr alle laut schreien. Dann hört euch die Polizei.«

»Machen wir«, rief seine Frau zurück.

Wir gingen weiter und sahen in die Schaufenster der geschlossenen Geschäfte. Ab und zu sprachen schwarze Jungen uns an und bettelten um etwas Geld.

Die Nacht war warm, doch vom Ozean her wehte eine leichte Brise. Über der Stadt ging ein schöner Mond auf. Die Dichterinnen gingen Arm in Arm, Chris ging neben mir. So schlenderten wir lange, wortlos.

»Chris, darf ich dich etwas fragen?«

»Natürlich.«

»Hast du mich mit Sophia gesehen, als wir auf dem Dach standen?«

»Ja.«

»Als wir aufs Meer schauten, tauchte ein altmodisches Segelboot am Horizont auf. Es war, als käme das Schiff aus ferner Vergangenheit. Ich merkte, daß ich Sophias Hand festhielt und in sie kniff. Jetzt, wo ich daran zurückdenke, denke ich, daß ich mich vielleicht irre. Daß kein Schiff da war, und ich ihre Hand nicht festhielt. Was ich dich fragen möchte, was hast du gesehen?«

»Du irrst dich nicht«, sagte Chris leise. »Von da, wo ich stand, konnte ich das Schiff nicht sehen, doch eure Hände habe ich gesehen.«

Er sah mich nicht an, als er dies sagte. Schweigend ging er neben mir her. Ich zweifelte, ob er etwas gesagt hatte.

53

◾ Sechs ◾

In Khorassan sah ich eine hohe Burg. Unvergleichliche Baukunst.
Ich genoß den Anblick, froh, dies erlebt zu haben. Die Burg war
die Krönung meiner Reise. In dem Augenblick öffnete sich einer
der Fensterläden. Eine junge Frau erschien. Ich hatte nicht geahnt,
daß eine Frau so schön sein kann. Mein Gruß gilt Mohammed,
der in Medina begraben liegt. Er rät: »Der erste Blick ist gut für
dich. Meide den zweiten!«
Ich hörte nicht auf ihn, und der zweite Blick richtete mich
zugrunde.

1

Wir wunderten uns darüber, daß Soraya so gut tanzen konnte.
Es war überraschend und zugleich schön, daß wir an dieser
Reise teilnehmen konnten.

Schon immer hatten wir eine so lange Reise machen wollen,
aber es war nicht möglich gewesen. Jetzt, da es möglich geworden war, versuchten wir, die Gunst der Stunde zu nutzen und
keine Gelegenheit vorbeigehen zu lassen.

Nachdem wir getötet worden waren, saßen Frug und
Rumi noch lange im Gefängnis. Erst als der neue Präsident
kam, wurden sie frei gelassen. Sie kehrten ins normale Leben
zurück. Später heirateten sie, und ein neues Kapitel ihres
Lebens begann.

Wir dachten oft an sie. Und sie an uns. Donnerstagnachts kamen sie zu uns auf den Friedhof. Sie gaben dem Unkraut, das auf unseren Gräbern wuchs, Wasser und klopften leise mit einem Kieselstein an unsere Grabsteine, um uns zu wekken.

Es ist das erste Mal nach so vielen Jahren, daß wir uns alle treffen. Es wird nicht für lange sein, aber es ist ein Gotteswunder, daß wir noch einmal zusammen sind.

Es ist eine Befreiung.

Gestern abend wollte Dawud gern mit Sophia in eine Kneipe, aber es ging nicht, es war nicht möglich. Statt dessen waren wir in der Stadt. Es war das erste Mal, daß wir wieder zusammen bummeln gingen.

Malek und ich wollten gern etwas trinken. Was Frug und Soraya tun wollten, wußten wir nicht, aber wir waren sicher, etwas trinken würden sie nicht.

Im Dunkeln gingen wir auf dem Bürgersteig einer der Straßen von Kapstadt. Ein dunkelblauer Mond hing über der Stadt. Es war eine warme Nacht, vom Ozean wehte eine frische Brise. Hier und da waren noch Kneipen offen, doch wir wußten nicht, in welche wir gehen sollten. Wir sahen eine leere Kneipe, aber in die wollten wir nicht. Wir saßen lieber zwischen den Leuten.

Schließlich fanden wir eine, vor deren Tür uns die Ozeanluft ins Gesicht blies. Wir schauten zum Fenster hinein, es war viel Betrieb, aber ein paar Tische waren noch frei. Schwerer Zigarrenqualm hing in der Luft. Früher rauchte ich nicht, doch im Gefängnis rauchte ich mit Zellengenossen ab und zu eine Zigarette.

Ich saß mit sechs anderen in einer kleinen Zelle. Wenn wir eine Zigarette ergattern konnten, war das ein Fest. Ich war der

Streichholzhalter, ich zündete immer das Streichholz an. In der Nacht, als sie mich hinrichten wollten, machten mir die Gefangenen der Nachbarzelle ein Geschenk. Eine Zigarette nur für mich allein. Wir rauchten sie zu siebt. So schmeckt der Tabak siebenmal, ja vielleicht siebenhundertmal besser.

Am nächsten Morgen stellten sie mich in aller Frühe an die Mauer. Sie zwangen mich zu beten, doch ich tat es nicht. Sie hielten mich fest und wollten mir die Augen verbinden. Ich schüttelte den Kopf, ich wollte nicht. Es war mir unheimlich, mit verbundenen Augen hingerichtet zu werden.

»Ich brauche kein Tuch«, rief ich.

Ich schaute um mich, Sonnenlicht war gerade auf die Mauer gefallen. Ein bärtiger junger Mann kniete mir gegenüber und hatte sein Gewehr auf mich gerichtet.

Ein Geistlicher erschien. Er sah mich kurz an und rief dann plötzlich: »Feuer!«

Ein paarmal wurde geschossen.

Ich spürte nichts, doch ich fiel.

Nein, ich fiel nicht sofort, erst strauchelte ich, dann fiel ich zu Boden.

Wir gingen in die Kneipe hinein. Niemand beachtete uns.

Wir wählten einen Tisch am Fenster, doch zu unserer Überraschung setzten sich Frug und Soraya an einen anderen Tisch.

Wir verstanden sie gut. Und es war uns auch lieber so. Wir waren es nicht gewohnt, in ihrer Gegenwart etwas zu trinken.

Als der Kellner kam, bestellten wir Bier. Außer Rumi. Vor seiner Verhaftung war er schon gläubig gewesen, aber im Gefängnis war er richtig gottesfürchtig geworden. Daher für ihn keinen Alkohol.

Der Kellner stellte mir ein großes kaltes Bier hin. Ich trank wie ein Durstiger, der aus der Wüste kommt. Meine Hände zitterten vor Genuß.

Ich bestellte noch eins! Und noch eins.

Da fiel unser Blick auf den Tisch der Frauen.

Sie hatten eine Flasche Rotwein bestellt!

»Schaut doch! Sie trinken Wein!« sagten wir alle drei gleichzeitig.

Soraya schenkte ein.

Wir erschraken etwas, denn wir hatten nicht erwartet, daß sie trinken würden.

Wir machten uns vor allem Sorgen um Soraya. Sie hatte Schmerzen. Seit der Nacht, als der Wärter ihr mit der Faust in den Bauch geschlagen hatte und sie tot umgefallen war, hatte sie Bauchschmerzen. Manchmal hörten wir sie nachts, wenn es auf dem Friedhof still war, vor Schmerz schluchzen. Ich habe es schon einmal gesagt, möchte es aber noch einmal sagen. Soraya liegt auf demselben Friedhof wie Malek und ich. Um genau zu sein, dreizehn Gräber weiter, rechts über mir. Manchmal kann ich ein Stück ihrer Füße sehen. Manchmal nicht.

»Laßt Soraya trinken! Laßt sie doch tun, was sie will!« sagte Malek. »Es wird ihr gut tun, einmal beschwipst zu sein.«

Wir achteten nicht mehr auf sie. Jetzt, da wir keinen Durst mehr hatten, bestellten wir auch eine Flasche Wein. Genüßlich tranken wir und kamen mit zwei englischen Touristen unseres Alters ins Gespräch, die mit ihren Freundinnen reisten. Wir konnten alle einigermaßen gut Englisch, obwohl wir es viele Jahre nicht gesprochen hatten.

Sie redeten über ein Gebäude gegenüber der Kneipe, rechts an der Ecke der Kreuzung. Sie redeten über die Geister Südafrikas. Einer von ihnen zeigte auf das Gebäude und sagte: »Das ist eines der bekanntesten Häuser in Kapstadt, dort haben einmal Geister gehaust. Jede Nacht, wenn der Mond schien, hörte man das Weinen einer alten Frau aus dem Fenster. Man hat es untersucht und nichts gefunden. Und als der

Mond wieder schien, weinte die Frau wieder. So laut und kläglich, daß niemand mehr schlafen konnte. Die weisen Männer von Kapstadt trafen sich zur Beratung. Sie kamen dahinter, daß ein Geist in dem Haus wohnte, der heraus wollte, sobald der Mond schien. Sie machten ein Loch ins Dach, neugierig, was geschehen würde, wenn der Mond aufging. Die Bewohner der Stadt löschten alles Licht und stellten sich ans Fenster. Der Mond ging auf. Man wartete gespannt. Das Weinen blieb aus. Die Frau erschien auf dem Dach und verschwand für immer.«

Die beiden Touristen erzählten noch etwas. »Nach der Freilassung von Nelson Mandela geschah etwas Merkwürdiges im Parlament. Eines Abends mußte ein Wächter die Fahnen einholen. Im zweiten Stock sah er Licht. Aus dem Konferenzraum schallte Gelächter. Als er an der offenen Tür vorbeiging, sah er eine Gruppe von Männern in schwarzen Anzügen, in der Hand ein Glas Wein. Zufällig warf er einen Blick auf ihre Füße und sah, daß aus ihren Hosenbeinen weder Füße noch Schuhe, sondern Hufe herausguckten.«

Ich sah zu Malek hin, zu Rumi, zu Frug. Auch wir waren Geister.

Die Flasche auf Frugs und Sorayas Tisch war leer. Zeit zu gehen.

»Sollen wir gehen?«

Sie standen auf und kamen auf uns zu. Malek und ich waren etwas beschwipst. Den Boden von Kapstadt spürte ich manchmal nicht unter meinen Füßen. Die Frauen bewegten sich, als hätten sie keinen Wein getrunken.

Ich fühlte den Wein und schmeckte den Geschmack des Lebens. Wäre es nur möglich gewesen, einen Kasten Bier und ein paar Flaschen Wein mit ins Grab zu nehmen!

Zum Glück war die Nacht noch lang genug. Wir kamen an einer Diskothek vorbei. Wir warfen einen Blick hinein. Die Leute tanzten sonderbar. Wir merkten, daß das Leben sich in den vergangenen zwanzig Jahren geändert hatte. Mit geschlossenen Augen machte man heftige Bewegungen. Für unser Gefühl hatte das nichts mehr mit Tanzen zu tun. Waren sie betrunken, hatten sie geschnupft? Wie könnte man sonst diese laute Musik ertragen? Sie tat mir weh in den Ohren.

»Sollen wir?« fragte Soraya.

Die Hände an die Ohren gepreßt, gingen wir hinein.

Soraya hatte sich übertrieben geschminkt. Früher war sie schon die einzige gewesen, die sich schminkte. Ihr Make-up-Täschchen hatte sie überall bei sich.

Einen Moment blieben wir im Dunkeln stehen und sahen zu.

Soraya begann als erste, sie bewegte sich im Rhythmus der Musik und schob sich nach und nach in die Mitte. Sie machte das überraschend gut. Es war uns ein Rätsel, wie sie es nach all den Jahren und mit diesen Bauchschmerzen hinkriegte.

Frug lächelte. Soraya forderte sie auf mitzutanzen, aber sie tat es nicht. Sie traute sich nicht.

Malek, Rumi und ich hatten keine Erfahrung im Tanzen.

»Du brauchst nur wild mit Armen und Beinen zu fuchteln, dann klappt es schon«, sagte Malek.

»Aber ...«, sagte ich.

Soraya zog uns in die Mitte.

Vielleicht würden wir erst später merken, daß wir diese Erinnerung nötig hatten, wenn wir wieder ins unser Grab zurückkehrten.

⋈ Sieben ⋈

Zerrüttet kam ich in Basra an. Um das Gesicht der Frau am Fensterladen von mir fern zu halten, wählte ich neue Zahlen auf meinem Abakus. Ich multiplizierte sie, teilte sie, addierte sie, zog sie ab, und fing wieder von vorne an. Doch es half nichts.

Ein Philosoph sah mich mit dem Abakus in der Hand, er lud mich zu sich ein.

Auf dem Dach seines Hauses diskutierten wir über das Himmelsgewölbe.

»Was glaubst du? Was ist jenseits von allem?« fragte er.

»Was man nicht sehen kann, kann man nicht benennen. Was man nicht benennen kann, darüber kann man nicht diskutieren«, erwiderte ich.

»Schon recht, aber was glaubst du? Gibt es etwas außerhalb des Tempels dieses Weltalls?«

»Die Grenze bestimmt unser Verstand. Wo er diese Grenze zieht, hört das Denken auf«, erwiderte ich.

»Stimmt«, sagte er. Schweigend blickten wir zu den Sternen auf. Ein Fensterladen wurde geöffnet. Die Frau erschien.

1

Ich saß auf einem Felsen, erzählte Dawud, und blickte auf den Atlantischen Ozean. Es war, als wäre ich am Rand des Kontinents, auf dem letzten Felsen, der letzten Erhöhung. Man kann auch sagen, daß ich auf dem ersten Felsen saß, da, wo Afrika anfängt.

Ich sah die dunkleren afrikanischen Möwen, die seltsamerweise alle zugleich ins Wasser hinab tauchten und auch zugleich wieder aufstiegen, alle mit einem glitzernden Fisch im Schnabel.

Der Ozean war dunkelblau und ruhig. Die Wellen breiteten sich behutsam über den Strand aus, wo Sophia mit bis zu den Knien hochgerollten Hosenbeinen ins Wasser watete.

An diesem Morgen waren wir früh aufgebrochen, der Professor wollte uns die Halbinsel zeigen.

Ich saß auf dem Felsen und beobachtete Sophia, die Möwen und die davonfahrenden großen weißen Schiffe. Am liebsten hätte ich Schuhe und Strümpfe ausgezogen und wäre zu ihr hingelaufen. Aber ich tat es nicht. Ich zweifelte, ob es Sophia war, die einen so tiefen Eindruck auf mich machte, oder Südafrika.

Der Professor saß auf der Terrasse des Cafés und sah alles.

Ich stand auf und stieg den Hügel hinauf, der mit einfachen Häusern aus Feldsteinen bebaut war. In jedem Garten lag ein Felsbrocken.

Ich wollte mit jemandem reden, jemandem die Hand drükken, doch ich begegnete niemandem. Als ich das letzte Haus erreichte, das auf einem hohen Felsen lag, trat ein bebrillter alter Mann aus der Tür.

»Guten Morgen«, rief ich auf Niederländisch.

Er rückte seine Brille zurecht, sah mich prüfend an. Kenne er mich? Nein!

»Einfach hallo! Hello! Salam alaikum!«

Nein, alles klang ihm fremd in den Ohren.

Ich streckte die Hand aus: »May I shake your hand? To hold it for a while. I see you are leaving your house. It is great to leave your house for a while and then to know that you can go back again!«

Verständnislos streckte er mir die Hand hin. Ich hielt sie fest: »Wunderbar! Einfach wunderbar!«

Er ging nicht weiter, kehrte ins Haus zurück, stellte sich ans Fenster und beobachtete mich. Das Fenster war blau gestrichen. Die Farbe der Tür war grün. Im Innenhof sah ich eine Schaufel, eine Schubkarre, einen toten Baumstamm, eine rostige Säge und eine Leiter, die an der Mauer lehnte. Eine Krähe in einem Baum. Ich ging weiter. Südafrika schlug mich in seinen Bann, ich suchte tieferen Kontakt zu dem Land, zu dem Boden, auf dem ich stand, doch es gelang mir nicht. Ich bog um die Ecke. Eine junge Frau kam mir entgegen.

»Hello! May I ask you something?«

Ich wollte sie fragen, warum sich alle Leute einen großen Stein, einen Felsbrocken in den Garten legen. Sie lächelte nur und ging weiter.

Es war heiß und ich fühlte, wie die Sonne auf meinen Kopf brannte. Ich hörte jemanden hinter mir und sah mich um. Der Kameramann. Er war wieder am Filmen. Er richtete seine Kamera auf Vögel, die lärmend über uns hinwegflogen. Dann blickte er nach unten, aufs Wasser, und filmte Sophia und den Professor, die über den Strand schlenderten.

Die Dichterinnen saßen im Café und lasen.

»Hallo Rudy. Wo ist Chris?« fragte ich.

»Da oben!« sagte er.

»Was macht er da?«

»Briefe schreiben, wie immer.«

»Briefe?!«

»Ja, Briefe, meiner Meinung nach.«

Als wir zurückkamen, setzte sich Sophia hinten im Bus neben mich. Zwischen Chris und mich.

»Ich möchte Spuren in diesem Land hinterlassen«, sagte
ich. »Je länger ich reise, desto mehr verliere ich mein Herz.«

Chris tat, als hätte er nichts gehört.

Hoch in den Bergen hielten wir. Alle stiegen aus, um die
Landschaft zu bewundern. Gemeinsam kletterten wir ein
Stück bergauf. Wir betrachteten die Berge, die grünen Hügel
und den unermeßlichen Ozean. Da draußen trafen der Atlan-
tische und der Indische Ozean aufeinander. Das warme Wasser floß ins kalte hinein. Oder das kalte empfing das warme.
Was genau passierte, konnte ich nicht sehen, aber daß sie
zueinander kamen, das sah ich.

»Geniet jy dit, genießt du den Anblick?« fragte Sophia.

Aus dem Nichts tauchte ein Rudel Affen auf. Die Weibchen
trugen ihre Jungen auf dem Rücken. Es war überraschend,
genau im richtigen Augenblick.

Sie zogen fast lautlos an uns vorbei. Etwas weiter ließen sie
sich auf alle viere fallen und rannten mit viel Gekreisch zum
Ozean.

2

In dem Moment, da Dawud mit Sophia die Affen beobachtete,
betrat ich mit Soraya, Malek und Rumi die Universität von
Kapstadt. Wir wollten sie gerne sehen. Es war ein bewegender
Augenblick für uns. Wir mußten an unsere eigene Universität
denken. An die Zeit, als wir selbst Studenten gewesen waren.
Einerseits fühlten wir uns in die verlorene Zeit zurückver-
setzt. Andererseits wußten wir, daß wir uns in einem Traum,
dem Traum von damals befanden. Wir hatten für die Freiheit
gekämpft.

Jetzt bewegten wir uns in Freiheit.

Die Mädchen, die jungen Frauen gingen Hand in Hand mit ihrem Freund, und sie küßten sich. Wie mochte die Universität während der Apartheid ausgesehen haben? Ausschließlich weiße Studenten? Neunzig Prozent Weiße, zehn Prozent Schwarze? Jetzt waren die Farben gemischt. Schwarz, weiß, weiß, schwarz, schwarz, weiß, weiß, weiß und noch einmal weiß.

Wir schlenderten über die Pfade, an den Gebäuden entlang und warfen einen Blick in die Hörsäle. Ein ungewohnter Spaziergang.

Im Schatten der Bäume setzten wir uns auf eine Bank und sahen den Studenten zu. In unserer Heimat würde es noch lange dauern, bis die Studenten so in die Universität gehen würden. So friedlich waren wir nicht miteinander umgegangen. Für uns war die Universität ein Ort stürmischer Diskussionen und Spannungen gewesen, die ständig außer Kontrolle gerieten, ein Ort, wo jeden Moment etwas passieren konnte, jeden Moment einer von der Geheimpolizei die Pistole ziehen und einen Schuß abfeuern konnte. Jeden Moment konnte ein Student getroffen zu Boden fallen.

Werden unsere Studenten jemals friedlich nebeneinander hergehen und miteinander diskutieren?

Wir saßen da, schauten und unterhielten uns. Und merkten nicht, daß Wolken den Himmel verdunkelt hatten und die Sonne verschwunden war. Monatelang hatte es nicht geregnet. Jetzt begann es zu tröpfeln.

Ohne Vorwarnung kam der Donner. Es schüttete wie aus Kübeln. Es überraschte jeden.

Es war schon zu spät, einen Unterstand zu suchen; wir rannten zu einem hohen Baum.

Der Regenguß wusch den Baum. Schwarzes Wasser fiel von den Zweigen auf uns herab.

3

Abends zog Dawud seinen guten schwarzen Anzug an und ging ins ›Haus der Niederlande‹.

»Ich wollte gerne niederländische Emigranten kennenlernen«, sagte er später.

Die Begegnung überraschte mich. Es gab mehr, worüber ich mich mit ihnen unterhalten konnte, als mit den Holländern in Holland. Wir verstanden einander. Als wären wir alte Freunde, die einander lange nicht gesehen hatten. Wir redeten sofort über Immigration, Sprache, Kultur und die Niederlande.

Die Tür zu den Toiletten ging auf. Einen Augenblick lang sah ich die beiden Dichterinnen. Sie standen sich gegenüber und lasen einander ihre Gedichte laut vor.

Der Saal war mit niederländischen Wimpeln und den Porträts der Königin und des Prinzen geschmückt. Überall an den Wänden und der Decke hingen kleine Windmühlen.

Das Treffen hatte nichts von den langweiligen Partys, wie ich sie aus den Niederlanden kannte. Die Emigranten waren freier geworden, sie redeten ungezwungen, lachten laut und gestikulierten mit den Händen. Die holländischen Gewohnheiten hatten sich gelockert. Man konnte es auch am verblaßten Porträt der Königin erkennen. Hier fühlte ich mich zu Hause.

Man hatte einen Erzählwettbewerb organisiert, der jedermann offen stand, unter dem Motto »Schreiben Sie die Geschichte, die Sie immer schon schreiben wollten«.

Normalerweise sind es junge Leute oder angehende Schriftsteller, die an solchen Wettbewerben teilnehmen. Doch hier waren alle siebenundzwanzig Kandidaten alt.

Die drei Erstplazierten hatten eine Geschichte über den Moment geschrieben, da sie ihr Elternhaus verließen. Über die

Menschen, die ihnen lieb gewesen waren und die sie nie mehr wiedersehen würden. Und über den Tod, der näherrückte.

Der Gewinner des ersten Preises, ein uralter Mann, der mühsam zum Lesepult ging, las seine Geschichte mit zitternden Händen vor: »Endlich brach die Nacht an. Am nächsten Morgen verließ ich mein Elternhaus in aller Herrgottsfrühe. Ich spürte, daß ich ein junger Mann geworden war, ein Mann, der es wagte, in die weite Welt hinauszuziehen.«

In dieser Nacht klopfte es an meine Tür. Meine Mutter kam herein. Hilflos blieb sie stehen.

»Darf ich dich richtig zudecken? Das geht doch noch, oder. Zum letzten Mal«, sagte sie leise.

Und sie deckte mich zu.

⬖ Acht ⬖

In Djolfa traf ich auf eine Gruppe alter Männer, die im Schein der Straßenlaterne das Endjil lasen. Ich setzte mich zu ihnen. Der Älteste las uns folgendes vor: »Als Josef zu seinem Vater sagte: ›Vater, ich habe von elf Sternen geträumt. Und vom Mond. Und von der Sonne. Sie verbeugten sich vor mir‹, da sagte der Vater: ›Das hast du nicht zufällig geträumt. Erzähle es niemandem! Schweig darüber!‹«

1

Gestern nacht waren wir angenehm betrunken, als wir zu Bett gingen. Wir schliefen sofort ein. Frühmorgens wurden wir alle von einem Traum geweckt. Danach konnten wir nicht mehr schlafen. Seltsam war, daß wir etwas geträumt hatten, das wir normalerweise nie träumten. Ein unverarbeitetes Ereignis, das sich irgendwo in unserem Gedächtnis versteckt hatte, oder etwas, worüber wir noch nicht hatten nachdenken können. Oder etwas, das wir so sehr unterdrückt hatten, daß wir es nicht mehr wiederfinden konnten.

Doch wir verstanden nicht, weshalb es ausgerechnet in dieser Nacht geschah. Was war passiert? Was war anders als sonst?

»Der Wein!« sagte Soraya.

Sie hatte Recht. Der südafrikanische Rotwein hatte wohl etwas in unserem Gedächtnis freigelegt.

Verwundert sahen wir einander an, und obwohl es noch dunkel war, setzten wir uns im Bett auf.

»Soraya, was hast du geträumt?« fragte ich.

»Und du, Attar, was hast du geträumt?« fragten die anderen wie aus einem Mund.

»Ich habe etwas Verrücktes geträumt. Etwas Schönes. Es wundert mich selber, daß ich es geträumt habe.«

»Erzähl!«

»Vor ein paar Jahren starb unser Lebensmittelhändler. Das wißt ihr bestimmt noch. Er war sechzig, zweiundsechzig Jahre alt. Ich lag in meinem Grab, hörte viele Schritte über mir, legte das Ohr an die Grabplatte und horchte. Der Sarg des Lebensmittelhändlers wurde zu Grabe getragen. Er wurde unter dem alten Baum beerdigt. Daran ist nichts zu ändern, wir müssen alle sterben.

Ich mochte ihn gern, er war zuverlässig. Ich war ungefähr siebzehn, glaube ich, als er mich zu seinem Haus schickte, um etwas zu holen. Ich überquerte den Innenhof und klopfte an die Tür, die von selbst langsam aufging. Eine junge, schöne Frau ohne Schleier stand mit entblößten Schultern vor einem Spiegel. Die Frau des Lebensmittelhändlers. Sie war viel jünger als er. Leise zog ich die Tür wieder zu.

Nun, und heute nacht bin ich wieder in sein Haus gegangen. Seine Frau stand in der gleichen Haltung da, aber jetzt weinte sie um den Tod ihres Mannes. Um sie zu trösten, küßte ich sie auf die Schulter und nahm sie in meine Arme.«

Alle lachten.

»So war es«, sagte ich. »Die Berührung war nicht geträumt. Es war Wirklichkeit.

Ich hatte nie etwas mit der Frau gehabt, und doch war etwas zwischen uns. Als ich tot war, kam sie regelmäßig an mein

Grab. Sie trug einen schwarzen Tschador und setzte sich auf die Ecke der Grabplatte. Manchmal weinte sie um mich, meistens aber blieb sie nur lange still sitzen. Und ich betrachtete sie. Wie gern hätte ich sie umarmt und mitgenommen, zu mir hinunter!«

Soraya lächelte. Die anderen sagten nichts. Es trat eine Stille ein.

»Jetzt ist ein anderer dran«, sagte ich.

Aber keiner wollte etwas von seinem Traum erzählen.

»Also gut«, sagte Soraya schließlich.

Wir waren gespannt, was sie geträumt hatte.

»Ich träumte von zwei schwarzen Händen und weißen Zähnen, die in der Dunkelheit schimmerten wie eine Perlenkette.«

»Und weiter?«

»Weiter nichts. Das war's.«

Soraya hatte einfach irgendwas sagen wollen, dachten wir. Aber als es still wurde, wußten wir, daß es kein Zufall gewesen war, daß sie von diesen schwarzen Händen und diesen weißen Zähnen geträumt hatte.

Ich sah Malek an. Was mochte er geträumt haben?

Von Malek habe ich noch nichts erzählt. Er ist, oder war, genauso alt wie ich. Wir waren immer zusammen, taten viel gemeinsam. Er ist ein Junge mit einer dicken Brille. Später erzähle ich mehr von ihm.

Er liegt auf demselben Friedhof wie Soraya und ich. Von meinem Grab aus kann ich gerade noch ein Stück von seinem Kopf sehen. Er liegt ein paar Gräber weiter wie ich, links unter mir.

»Malek! Was hast du geträumt?«

»Ich träumte etwas Seltsames. Aus dem Nichts tauchte ein Vogelschwarm auf.«

»Was für Vögel?«

»Unbekannte! Sie verfolgten mich zu Hunderten.«

»Was?«

»Sie warfen Kieselsteine nach mir.«

»Was taten sie?«

»Sie warfen mit Steinen! Ich ergriff die Flucht!«

»Wohin?«

»Ich weiß es nicht. Ich glaube in ein verlassenes Gebäude, einen Bauernhof. Der Rest des Traums ist verschwommen.«

Wir fanden es seltsam, sagten aber nichts weiter dazu.

»Und du, Frug?«

»Ich habe etwas Dummes geträumt«, sagte sie lachend. »Ich träumte, daß ich auf dem Rücken eines Kamels so dahinritt, bis es plötzlich anfing zu fliegen.«

»Fliegen auf dem Rücken eines Kamels?!«

»Ja! Es nahm Anlauf und erhob sich in die Lüfte.«

»Wohin?«

»Keine Ahnung. Mit mir flogen Hunderte andere Kamele.«

Wein nimmt dich mit in die längst verflossene Vergangenheit.

Wein erobert dir die Frau des Lebensmittelhändlers.

Wein reicht dir eine schwarze Hand und eine Reihe weißer Zähne.

Wein läßt Vögel aus dem Nichts auftauchen und Kamele in die Luft aufsteigen.

Wenn du wissen willst, wohin das Kamel dich trägt oder wem die schwarzen Hände gehören, mußt du ein Gläschen mehr trinken oder vielleicht auch ein Gläschen weniger. Oder einfach Geduld haben.

Wir sagten nichts mehr. Wir legten uns wieder hin und dachten über unsere Träume nach.

2

Einer war unter uns, der in dieser Nacht nichts geträumt hatte. Das war Rumi. Er trank keinen Alkohol. Normalerweise ist er ein schweigsamer Mann. Vor seiner Verhaftung hatte er manchmal etwas mit uns getrunken. Aber nach seiner Entlassung war er völlig verändert. Er hat elf Jahre im Gefängnis gesessen. Dort wurde er gezwungen, die heiligen Texte auswendig zu lernen. Er war ein guter Junge, ein zuverlässiger Freund, doch die elf Jahre im Gefängnis hatten ihn gebrochen. Er hatte gerade geheiratet, als er verhaftet wurde.

Als er freigelassen wurde, war er völlig gebrochen. Er konnte nicht mehr mit seiner Frau schlafen. Er traute sich nicht, hatte Angst.

Eines Nachts kam er an mein Grab. Er setzte sich neben meinen Stein, vertraute mir seine Geschichte an und weinte sich bei mir aus.

Eines Tages hörte ich seine Schritte in aller Frühe. Ich setzte mich auf, ich hatte Angst, es könnte etwas Schlimmes passiert sein, da er schon so früh kam. Ich legte das Ohr an den Grabstein und horchte. Er war fröhlich, lachte. Er erzählte, er habe wieder mit seiner Frau geschlafen.

Und Monate später kam er mit einem Blumenstrauß.

»Sie ist schwanger!«

Sie bekamen ein Töchterchen.

Einige Zeit später kam er eines Nachts zu mir. Ich hörte langsame, traurige Schritte.

Was mag passiert sein?, dachte ich.

»Unser Töchterchen ist taub«, sagte er.

»Macht nichts, das macht nichts«, rief ich mit aller Kraft hinter meinem Grabstein. »Das macht nichts. Überhaupt nichts. Wer weiß! Vielleicht ist es so ja besser für sie!«

⧫ Neun ⧫

Ich wusch meine Hände im Nil, dem größten Fluß der Welt. Niemand ist in der Lage, ihn zu durchqueren. Denn er ist zu breit, und es schwimmen gefährliche, seltsame Tiere in ihm. Überall im Wasser hat man Säulen mit heiligen Texten aufgestellt, um sie zu verjagen. Ich fuhr auf einem Schiff mit Kamelen nach Hedschas. Ein Kamel fiel tot um. Man warf es ins Wasser. Da tauchte ein riesiges Tier auf, das das Kamel verschlang, bis nur noch ein Bein aus seinem Maul ragte. Im gleichen Augenblick stieg ein Ungeheuer aus den Wellen und verschlang das Tier, das das Kamel verschlungen hatte. Araber nennen dieses Ungeheuer Gorosch.

1

Gestern brach Dawud mit seinen Reisegefährten nach Durban auf.

Sophia fuhr nicht mit, sondern kehrte nach Hause zurück. Wir folgten Dawud.

»Als ich den Vorhang meines Hotelzimmers zurückschob, hieß der ganze Indische Ozean mich unerwartet in meinem Zimmer willkommen«, erzählte Dawud uns in Durban.

Er fuhr fort: »In der Ferne sah ich die Netze, die dafür sorgen, daß die Haie dem Strand nicht zu nahe kommen. Bis jetzt hatte ich nur den Atlantik aus der Nähe gesehen. Jedes Mal erkundigte ich mich: »Wann kommen wir endlich zu den Fluten des Indischen Ozeans?«

Jetzt hatte ich ihn im Zimmer.

Ich hatte eine Zeitlang am Persischen Golf gewohnt. Das wißt ihr ja alle noch. Als ich am Fenster meines Hotelzimmers stand, dachte ich: Wenn ich jetzt in den Ozean springe, kann ich bis zum Persischen Golf schwimmen, direkt zum Kai, an dem ich damals gewohnt habe.

Möglich wäre es.

Das Problem ist nur, daß ich nicht weiter als zehn bis fünfzehn Meter schwimmen kann.

»We have a miracle«, sagt Erzbischof Tutu. »Let us share this vast wealth with the world. The fauna, the flora, the oceans, the trees, the birds, but most of all the people.«

Auf der Straße begegnete ich indischen Immigranten. Ich fand das aufregend. Sie hatten bestimmt viel von ihren alten Traditionen bewahrt und ihren Kindern die wunderschönen indischen Fabeln weitergegeben. Die Fabeln, die auch die unseren waren. Wie die indischen erzählten persische Großmütter diese Fabeln ihren Enkeln. »Eines Nachts sah eine Ente den jungen Mond im Wasser. Sie meinte, es sei ein Fisch, wollte ihn fangen, doch es gelang ihr nicht. Lange versuchte sie es immer wieder. Schließlich gab sie es auf. Am nächsten Tag, als sie einen Fisch im Wasser sah, meinte sie, es sei der Mond.«

In Durban bekamen wir einen anderen Begleiter. Einen Belgier. Oder eigentlich keinen Belgier, sondern einen Südafrikaner. Der Professor reiste mit Sophia zurück.

Ich fand den neuen Reiseleiter interessant. Er war froh, ein paar Tage mit uns zu verbringen. Er empfand es wie eine Begegnung mit seinem Ursprung.

Seine Vorfahren waren im siebzehnten Jahrhundert nach Südafrika gekommen. Sein Niederländisch war gut, doch er hatte die gleichen Probleme wie ich mit der Sprache: Er sprach zögernd und korrigierte sich ständig selbst.

Sobald ich in Holland den Mund aufmache, kann man meine sprachlichen Fehler schon zählen. Hier in Südafrika hatte ich dieses Problem nicht. Die Professoren und Dozenten redeten äußerst vorsichtig in meiner Gegenwart, sie hatten selber Angst, Fehler zu machen. Für mich war es anders. Ich fühlte mich auf einmal sicher, hatte keine Angst mehr vor Fehlern. Das war schön. Für eine Weile war ich von einer schweren Last befreit. Ich brauchte nicht mehr auf die Grammatik zu achten. Südafrikaner haben die niederländische Sprache auf den Kopf gestellt. Alles, was sie sagen, ist falsch, und stimmt doch irgendwie auf wunderliche Weise. Also machte ich hier, was ich wollte. Und das klang korrekt.

Ich hatte etwas Schönes entdeckt. Sonne, Erde und Ort bestimmen den Klang und die Reihenfolge der Wörter.

Unser neuer Reiseleiter hätte sich am liebsten den ganzen Tag mit mir unterhalten, denn meine Sprache war einfacher als die der Dichterinnen. Er wollte mir gleich alles von Durban zeigen. Aber ich wollte nicht. Ich hatte das Bedürfnis, allein zu sein. Sophia war fort, doch sie war noch sehr gegenwärtig. Ich dankte dem Reiseleiter, stieg aus und schlug eine Straße zum Ozean ein.

Hunderte armer schwarzer Frauen saßen am Strand und boten Souvenirs an. Ich setzte mich unter einen hohen Baum. Als es dunkel wurde, suchten sie ihre Sachen zusammen, steckten sie in große Plastiksäcke, nahmen sie über die Schulter und gingen hintereinander in einer langen Reihe heimwärts.

Ich blieb allein unter dem Baum zurück. Ich schlief ein. Ich
träumte. In der Ferne tauchten zwei Minarette auf. Dann eine
Moschee mit himmelblauer Grabkuppel. Ich stand auf dem
Dach der Moschee, als wäre ich der Muezzin, der die Hand ans
Ohr hält und ruft: »Hayya ala's-Salaah. Hayya ala'l-Falaah!«
Ich hielt die Hand ans Ohr und wollte laut etwas rufen,
doch ich konnte es nicht, ich brach in Tränen aus. Die Gläu-
bigen hörten mich. Sie kamen auf den Platz und zeigten auf
mich: »Was tut der Mann da? Warum weint er?«
Ein Meeresvogel hatte sich krächzend in den Baum gesetzt.
Ich wachte auf.

2

Es war früh am Morgen. Das Dunkel war gerade zerbrochen.
Ich lag im Bett, hörte Stimmen draußen, schaute aus dem
Fenster und sah Silhouetten im Wasser. Schon frühmorgens
schwammen Menschen in den hohen Wellen. Ich konnte
nicht widerstehen, nahm ein Handtuch und lief in der Mor-
gendämmerung zum Strand. Auch ich gab mich den wilden
Wellen hin. Der Ozean war warm und herrlich, er hatte etwas
von der Wärme einer Mutter, die ihr Kind sanft an die Brust
drückt.

Die anderen schwammen bis zu den Netzen, doch ich traute
ihnen nicht. Ich kannte die Haie.
Als ich am Persischen Golf wohnte, sah ich die Haifische,
die sich wie Boote im Wasser bewegten. Jeden Sommer zerris-
sen sie ein paar Dorfbewohner. Im Sommer war es dort sehr
heiß. Abends war es drinnen nicht auszuhalten. Meistens
setzten wir uns alle zusammen ins Wasser. Wir nahmen eine

Laterne mit. Die Frauen redeten miteinander, die Männer rauchten Pfeife, die Kinder spielten, und ich las. Obwohl die Dorfbewohner die Haie immer im Auge behielten, erwischte es doch immer jemanden. Und die Nachricht verbreitete sich wie ein Lauffeuer:

»Ein großer Hai hat Hashem aufgefressen.«

»Ein junger Hai hat Siamak am Bein gepackt.«

»Khaled ist nirgends zu finden.«

Dann rannten die Mütter mit ihren schwarzen Schleiern zum Strand und sangen Trauerlieder:

Aza aza tjé bajad kard.
Darde bie dawa tjé bajad kard.

Darum folgte ich den Schwimmern von Durban nicht. Ich schwamm bis zu dem Punkt, wo die Haie mit dem Bauch den Sand berühren, was sie nicht mögen und weshalb sie umkehren.

Der Ozean rief mich, doch ich hörte nicht auf ihn, ich setzte mich auf eine Bank und sah zu, wie die Sonne langsam aufging.

Ich hörte die Souvenir-Händlerinnen zurückkommen. Sie stellten ihre Sachen fein säuberlich auf den Boden und streckten sich neben ihren Kindern aus, um ein Nickerchen zu machen.

Die Sonne stand über dem Horizont. Zeitungsjungen riefen die Schlagzeilen aus:

»Traurige Zustände!«

»Kniefall der Niederlande vor Epidemie!«

Auf der ersten Seite stand ein Foto von fünf Schweinen, die an einem Baum hingen.

Ich kaufte mir eine Zeitung.

3

Eine Gruppe schwarzer Männer rannte vorbei. Ich wollte mitlaufen, versteckte meine Zeitung, mein Handtuch und mein Shirt in einem Karton, der da herumlag, und rannte ihnen nach. Ich folgte ihnen, bis zum letzten Baum der Stadt und weiter auf unbekannten Wegen.

Nach einer Weile kamen wir zu Sträuchern, die ich nicht kannte, und zu einfachen Häusern, in denen Inder wohnten. Nach fünf, sechs Kilometern fühlte ich, daß ich nicht mit ihnen mithalten konnte. Sie liefen auf afrikanische Art. Schnell.

»He! He! Wait!« rief ich.

Sie stoppten.

»How long do you want to run?« rief ich.

Sie trainierten, bereiteten sich auf den Ozeanmarathon vor.

»Sechsundfünfzig Kilometer?« fragte ich erstaunt. »Nice to meet you, I have to go back, but I don't know the way. How can I go back to the place where I was sitting and reading my newspaper?«

Sie liefen mit mir zurück. Als ich nach einigen Kilometern die hohen Hotels in der Ferne sah, konnte ich alleine den Weg zurück finden.

Schweißbedeckt erreichte ich die Stelle, wo ich das Handtuch und die Zeitung in einen Karton gelegt hatte. Er war leer. Kann passieren, dachte ich, ich riß ihn auf und legte mich darauf.

Um auszuruhen, schloß ich die Augen und genoß den frischen Lufthauch, der von der Küste kam.

Nach einer Weile hörte ich Kinder singen. Ich öffnete die Augen und sah über mir eine Gruppe kleiner schwarzer Kinder mit Rucksäcken.

»Hello! Hello mister!« riefen sie alle zugleich.

»Hello everybody!«

Sie gingen singend weiter. Ich konnte nicht erkennen, ob es Mädchen oder Jungen waren, denn sie hatten alle kurz geschnittenes Haar. Jetzt tauchte ein alter schwarzer Mann mit einem Professorenbart und einer kaputten Tasche auf. Er stellte die Tasche auf den Boden, öffnete sie und rief: »Kommt! Ich habe die schönsten Ringe der Welt. Und glitzernde Halsketten. Und rote, blaue und goldene Armbänder. Beeilt euch, Mädchen!«

Mädchen also!

Sie rannten zu dem Mann hin, knieten sich vor seine Tasche und bewunderten die Ketten, Armbänder und Ohrringe.

Ich hörte Schritte. Ich schaute mich um. Ein schwarzer junger Mann stand direkt neben mir. Er hatte mein Handtuch, meine Zeitung und mein Shirt bei sich: »Why did you leave your towel and clothes over there? If I hadn't taken them, somebody had stolen them.«

Er gab sie mir zurück.

»Thanks! Thank you very much«, sagte ich.

Er hatte ein schönes schwarzes Gesicht. Er ging zum Ozean, blieb einen Moment stehen und schaute zu den Schiffen in der Ferne. Dann kam er zurück und setzte sich neben mich.

»Where do you come from?« fragte er.

»From Holland, but I am a Persian man. What about you. Do you live here?«

»No, I'm from Uganda.«

»Uganda? What are you doing here then?«

»I'm a refugee«, sagte er.

»Interesting, I am a refugee too«, sagte ich.

Er lachte, schüttelte den Kopf und sagte: »No, no. You are no refugee.«

»Well, I am. I am a refugee in Holland.«

»Are you kidding me?«

»No, I am not.«

Da erzählte er mir von seinem schwierigen Leben in Durban, in Südafrika. Daß er arbeitslos sei und als Flüchtling keine Stelle finden könne. Er erzählte mir von seiner Einsamkeit. Daß er allein in einem Zimmer wohne und seine Einsamkeit manchmal so groß sei wie die eines Toten in seinem Grab.

»Wovon lebst du?« fragte ich. Er bekomme etwas Geld von der Regierung. »But I am young, I need work. Look at my hands, my arms. I am strong, I can work, but it is impossible. No work for me. I come here every day from the early morning till the evening. All the days are the same, but who knows, maybe the next day will be different. Maybe I find a job. Maybe I can go back. Today I meet you. Tomorrow maybe someone else.«

Wir spazierten gemeinsam am Meer entlang. Es war das erste Mal, daß er sein Land und seine vertraute Umgebung verlassen hatte.

»Would you like to have a cup of tea in my room?« fragte er plötzlich. »Ich wohne dort drüben. A poor room, but I have delicious teas from Uganda. My mother has sent me some.«

»Sure! I would like that!« sagte ich und ging mit ihm.

Wir kamen zu einem verlassenen Industriegelände, alles alte schmutzige Gebäude mit zerbrochenen Fensterscheiben. Wir betraten eins der Gebäude. Es war eine Ruine. Unbewohnbar für normale Menschen. Aber ein angenehmer Ort für wilde Katzen. Über die kaputten Stufen gingen wir zur obersten Etage. Der junge Mann zog einen Schlüssel hervor und öffnete eine Tür.

Als er mich hereinführte, verwandelte sich alles. Das Zimmer sah aus wie ein Garten voller Frühlingsblumen. Ein buntes Tuch mit Vogelfiguren hing an der Wand. Viel hatte er nicht, ein Bett, ein paar Teegläser, eine Teekanne, einen altmodischen Gasherd, frisches Brot in einem Korb, ein paar Kartoffeln, eine Zwiebel, zwei Eier auf einem Teller, eine Schüssel, zwei Löffel, zwei Teller, einen Löffel und ein kleines Schwarzweißfoto seiner Mutter, einen zerbrochenen Spiegel an der Wand, ein verblaßtes Farbfoto seiner Schwestern und Briefe aus der Heimat.

Seine Aussicht war der Ozean.

Er stellte einen kaputten Korbstuhl ans Fenster: »Sit down please!«

Ich fühlte mich zu Hause. Als ich auf der Flucht war, hatte ich auch eine Zeitlang so gelebt. Ich kannte seine Kartoffeln, diese eine Zwiebel, die Briefe und den zerbrochenen Spiegel. Er empfing mich wie einen Verwandten, einen älteren Bruder.

Er machte Tee, legte eine alte Zeitung auf ein Tischchen, schnitt Brot und holte von irgendwoher ein Stück Ziegenkäse.

Ich kannte seine Sachen. Die alte Zeitung, das stumpfe Messer und den Duft des Tees. Alles war mir vertraut. Nur seine schwarzen Hände sagten mir, daß ich in Afrika war.

Es war mir so vertraut, daß ich am liebsten geblieben wäre, um ihm zuzuhören, als er von den Dingen sprach, die ich so gut kannte.

»I still don't know what your name is«, sagte ich.

»Desmond!« sagte er lächelnd. Seine weißen Zähne schimmerten wie Perlen.

Zehn

Auf dem Weg nach Bisotun kam ich zu hohen unbezwingbaren Bergen. Auch an eine Stelle, wo einmal ein Berg gewesen war.

Was ist mit dem Berg geschehen?

Farhad ließ ihn abtragen, sagte man.

Farhad war ein Prinz, der sich in die schöne Prinzessin Schirin verliebt hatte. Wenn er zu ihr gelangen wollte, mußte er erst diesen Berg auf dem Weg zu ihrem Palast beseitigen.

Er tat es. Das Problem war, daß er Schirin noch nie gesehen und daß er sich nur auf Grund der Geschichten, die andere von ihr erzählten, in sie verliebt hatte.

»Kann man denn auf diese Weise sein Herz verlieren?« fragten manche.

»Ja, so erging es Farhad«, sagten andere.

1

Die Nacht nach der Nacht, in der Dawud von seiner Begegnung mit dem ugandischen Jungen erzählte, geschah etwas Unerwartetes.

»Wo ist Soraya?« fragten wir alle zugleich.

Soraya war nicht da.

Wir warteten auf sie, aber sie kam nicht.

Wir begannen uns Sorgen zu machen.

»Frug, hat sie zu dir etwas gesagt?« fragte ich.

»Eigentlich nicht. Ich wußte, daß sie später kommen würde. Aber so spät?«

Gestern nacht, als Dawud von Desmond erzählte und seine Zähne mit Perlen verglich, mußte ich an Sorayas Traum denken, in dem sie zwei schwarze Hände gesehen hatte und eine Reihe weißer Zähne. Dawuds Geschichte beschäftigte sie. Nachts lag sie wach im Bett.

»Woran denkst du?« fragte ich sie.

»An das Leben«, sagte sie, »ich will nicht mehr zurück. Etwas muß mir helfen, damit ich bleiben kann.«

Früh am Morgen zog sie sich an, nahm ihre Tasche und ging. »Wohin gehst du?« fragte ich.

»Zum Strand«, sagte sie.

Wir sagten nichts, dachten an ihre Worte. Bis tief in die Nacht hinein warteten wir auf sie.

Am nächsten Morgen in aller Frühe hörten wir ihre Schritte.

»Entschuldigt!« sagte sie.

Wir erwarteten, daß sie noch etwas sagen würde. Aber sie sagte nichts.

Erst stand sie im Dunkeln da, als sie ins Licht trat, sahen wir, daß ihre Augen vor Glück leuchteten. Sie hatte sich verändert. Ihr Gesicht war weiser geworden, ihr Lächeln hatte an Tiefe gewonnen.

Wir wußten nicht, was geschehen war. Wir wußten nicht, wie wir reagieren sollten. Was sollten wir sagen?

Wir schwiegen.

Frug umarmte sie und küßte sie auf die Stirn. Sie gingen hinein. Wir machten einen Spaziergang.

Als wir zurückkamen, saß Soraya in einem Sessel und lernte

ein Gedicht auswendig. Das Gedicht kannten wir. Es war von
Sophia:

> *ich schreibe für dich*
> *die späte Sonne ist*
> *über dem schmalen Boot*
> *des Abschieds untergegangen*
> *das altmodische Winken*
> *eines weißen Taschentuchs*
> *mit gekünstelten Tränen*
> *– denn die Tränen des Herzens*
> *die kennst du doch –*
> *das schreibt man nicht (…)*

2

Am nächsten Tag mußte Dawud mit seinen Kolleginnen zur
Universität. Dort begegnete er jemandem, durch den wir verstanden, was Soraya beschäftigte.

Eine Lesung, erzählte Dawud uns, eine Begegnung mit den
Studenten sei geplant gewesen, doch keiner kam, kein einziger
Student. Die Dichterinnen öffneten ihre Taschen und hol-
ten ihre neun Gedichte heraus, die sie überall vorlasen. Das
Publikum bestand aus dem Leiter der Fakultät Afrikaans, zwei
Sprachdozenten und einer Sekretärin, die kein Wort Niederländisch verstand, uns aber höflich zuhörte. Chris war auch
da. Es interessierte ihn nicht, man sah es ihm an. Still saß er
neben seiner Frau. Der Kameramann nahm wieder alles auf.
  Ich mußte auch etwas sagen, ich sprach über das Afrikaans,
das mir Mut gemacht, mir die Angst vor Fehlern genommen

hatte. Ich fände die Entwicklung der niederländische Sprache zum heutigen Afrikaans sehr interessant.

Ich redete noch, als die Tür aufging. Eine Studentin, vielleicht zwanzig Jahre alt, kam herein. Wenigstens eine Studentin also schien bereit, sich unsere Vorträge anzuhören. Aber sie setzte sich nicht. Sie blieb in der Tür stehen, bis ich meinen Satz zu Ende gesprochen hatte. Dann sagte sie auf Englisch: »Entschuldigen Sie, daß ich störe. Ich komme nicht wegen des Vortrags. Ich habe gehört, daß ein Landsmann von mir unter euch ist, darf ich ihn kurz mal sprechen.«

Ich sah sie an. Sie strahlte vor Freude und sagte: »Darf ich Sie einen Moment stören.«

Ich beendete mein Referat und folgte ihr zur allgemeinen Verwunderung nach draußen, wo sie mich wiederum überraschte, als sie persisch zu reden begann.

»Wie gut du sprichst«, sagte ich. »Du hast zwar einen Akzent, aber das macht deine Sprache nur umso aufregender. Was machst du hier?«

»Das ist eine lange Geschichte«, sagte sie, »setzen wir uns auf die Bank da.«

Wir saßen unter einem alten Baum und sie begann: »Meine Mutter hat es mir so oft erzählt. Ich war vier oder fünf Jahre alt, als wir nach Pakistan flohen. Erst fuhren wir mit einem Bus, ich sehe es noch vor mir, über eine lange, trockene Straße. In einem Dorf schliefen wir bei einer Familie, die wir nicht kannten, dann ritten wir auf Kamelen durch die Wüste, daran kann ich mich auch noch erinnern. Wir waren in Pakistan!

Ein Schmuggler wollte uns nach Australien bringen. Eines Nachts wurden wir abgeholt. In einem alten Lieferwagen erreichten wir das Meer. Der Mann sagte, ein Schiff würde uns nach Australien bringen. Heimlich brachte er uns in den Bauch des Schiffs. Er zeigte uns, wo Trinkwasser stand und wo Brot für uns bereit lag. Seid still, rührt euch so wenig wie möglich, sagte er, und verschwand.

Das Schiff fuhr los. Ich weiß nicht, wie lange wir unterwegs waren. Um uns herum war es völlig dunkel. Wir sollten uns nicht von der Stelle rühren, aber es wurde uns angst und bange.

Als das Schiff anlegte, war es still, es war Nacht, und überall brannten Lichter. Meine Mutter drückte mich an die Brust.

›Wir sind da, in Australien!‹ sagte mein Vater.

Der Kapitän sagte zu meinem Vater: ›Seid vorsichtig! Hier laufen viele Zollbeamte herum. Nehmt erst einmal keinen Bus und kein Taxi. Geht diese dunkle Straße immer geradeaus, dann kommt ihr nach zwei Stunden zu einer Stadt, die Durban heißt.‹

›Durban?!‹ rief mein Vater. ›Was für eine Stadt ist das? Liegt sie in der Nähe von Sydney?‹

›Wieso? Welches Sydney?‹

›Sydney, Australien‹ sagte mein Vater.

›Australien? Da habt ihr euch ganz schön verfahren‹, sagte der Mann.

›Wo sind wir denn?‹, fragte mein Vater.

›In Südafrika!‹

›Was sollen wir um Himmelswillen in Südafrika?!‹

›Hör mal, mein Bester‹, sagte der Schiffer, ›ich weiß nicht, was man euch gesagt hat. Ich kann nichts dafür. Ich habe dich mit deiner Familie heil hierher gebracht. Daran ist nichts mehr zu ändern. Denk an deine Frau und dein Töchterchen. Und rede nicht so laut, sonst werdet ihr gleich geschnappt. Folgt diesem Weg und seht, was der Tag euch bringt. Vielleicht ist es ja so viel besser für dich und dein Töchterchen.‹

Meine Mutter setzte mich meinem Vater auf den Rücken und zog ihn am Ärmel.

Sie gingen wir im Dunkeln auf die Lichter zu, die in der

86

Ferne schimmerten. Wir stiegen auf einen Hügel, auf dem ein Gebäude stand. Die Universität von Durban.

Meine Mutter sagte: ›Wer weiß. Vielleicht geht unsere Tochter einmal zur Universität.‹

Seit jener Nacht sind fünfzehn Jahre vergangen. Und jetzt studiere ich hier.«

Ich lachte laut.

»Wunderbar«, sagte ich.

Der Kapitän muß ein erfahrener Mann gewesen sein. Folge deinem Schicksal! Gehe diesen dunklen Weg und sieh, was der Tag dir bringt. Solche Worte passen gut zu einem Seemann. »Was tun deine Eltern?«

»In den ersten Jahren war es sehr schwer für uns. Das Land steckte mitten in der Revolution, kämpfte um die Abschaffung der Apartheid. Es war unmöglich, eine Aufenthaltserlaubnis zu bekommen. Doch mein Vater kam in Kontakt mit dem ANC, sie halfen ihm, und so bauten wir uns hier eine neue Existenz auf.

Inzwischen haben meine Eltern viel erreicht. Mein Vater hat schließlich seinen Computerladen eröffnet. Er ist sehr angesehen bei den Indern.«

»Und deine Mutter?«

»Meine Mutter hat mit einem Kamm und einer Schere angefangen und putzt jetzt indische Bräute heraus. Sie hat so viele Kunden und so viele Scheren, daß sie manchmal nicht genug Zeit hat, sich selbst zu kämmen.«

»Ein schönes Leben!«

»Wie lange bleiben Sie noch?« fragte sie.

»Nicht so lange, morgen fahren wir wieder ab.«

»Ich habe in der Universitätszeitung etwas über Sie gelesen. Sie haben das Land fast gleichzeitig mit uns verlassen. Vielleicht kennen Sie meinen Vater, er war aktiv in einer der linken Gruppierungen. Ich rufe ihn nachher an! Er wird sich schrecklich freuen, wenn er es erfährt. Please! Kommen Sie bei uns vorbei.«

»Ich würde ja gern, aber ...«

»Warten Sie«, sagte sie und rief ihre Mutter an.

In dem Augenblick erschienen die Dichterinnen.

»Wo bleibst du nur? Wir müssen gehen. Wir haben eine Verabredung.«

»Verabredung? Mit wem?«

»Mit ein paar Dozenten der Fakultät. Und danach gehen wir alle ins Restaurant.«

»Du hörst es«, sagte ich zu der Studentin. »Ich wäre gern bei euch vorbeigekommen, aber ich muß mit ihnen essen gehen. Vielleicht ein andermal.«

»Ach, wie schade«, sagte sie. »Hier ist die Adresse des Computerladens meines Vaters. Vielleicht haben Sie ja doch noch Zeit.«

3

Dawud schaffte es nicht, den Vater des persischen Mädchens zu besuchen, darum taten wir es für ihn. Eigentlich brachte Soraya uns auf die Idee. Wir gingen über die Promenade, kamen am Park mit den gefährlichen Schlangen vorbei, die zum Schlafen in ihre Löcher gekrochen waren. Wir überquerten einen Platz und kamen ins Zentrum von Durban.

Die Ladenbesitzer schlossen gerade ihre Geschäfte, sie verriegelten die Türen mit schweren Kettenschlössern. Ein paar Läden waren noch geöffnet, ein Laden mit Kopierern und ein kleiner Juwelier, bei dem ein junges Paar Ringe anprobierte.

Die Straßen waren plötzlich wie leergefegt. Man sah nur noch Stadtstreicher.

Soraya hatte die Adresse und ging in eine Kneipe, um sich nach dem Weg zu erkundigen. Nur ein paar Straßen weiter würden wir auf der rechten Seite die blauen Neonlampen des Computerladens sehen.

Wir schauten durchs Fenster hinein. Unser Landsmann schraubte gerade einen Computer zu. Sein Laden war ziemlich groß. Links hatte er neue Computer auf einem langen Tisch aufgestellt und rechts gebrauchte.

»We repair your computer«, stand auf der Fensterscheibe.

»We have new as well as used computers for you.«

»You can always trust us.«

Wir schickten Rumi voraus. Er war sehr geschickt im Umgang und sah vertrauenerweckend aus.

»Guten Abend«, rief er auf Persisch, »wir kommen auf einen Sprung vorbei, um Sie zu grüßen.«

Der Mann war überrascht, sah uns lächelnd an und sagte: »O, wie nett! Wo kommt ihr bloß her? Was macht ihr hier am Ende der Welt?«

»Wir sind Freunde von Dawud, dem Journalisten, den deine Tochter gestern in der Universität kennengelernt hat. Er konnte leider nicht kommen. Deshalb sind wir jetzt da«, sagte Rumi.

»Was für eine Ehre, Landsleute in meinem Laden zu haben. Es ist immer mein Traum gewesen, eines Tages einen meiner früheren Freunde hereinkommen zu sehen. Ich war so müde, daß ich fast nicht mehr nach Hause gehen konnte, aber jetzt geht es mir wieder gut.«

»Es hat uns überrascht, hier plötzlich von einer persischen Familie zu hören«, sagte Rumi.

»Das ist eine lange Geschichte«, sagte der Mann. »Darf ich mich vorstellen: Mein Name ist Siamak.«

Wir stellten uns alle vor.

»Wie lange bleibt ihr noch?«

»Wir machen eine Reise durch Südafrika«, sagte Rumi. »Morgen fahren wir weiter.«

»Du hast einen großen Laden, es scheint dir gut zu gehen«, sagte Soraya.

»Ich kann nicht klagen, aber das ist eine Geschichte für sich.«

»Ich habe gehört, daß deine Frau viel Arbeit hat in ihrem Schönheitssalon.«

»Ihr wißt ja schon alles!« sagte er lachend. »Sagt, was habt ihr heute abend vor?«

»Noch nichts«, sagte Rumi und schaute uns an, »vielleicht gehen wir noch mal in die Stadt.«

Siamak griff zum Telefon. »Ich bin's. Ich habe hier ein paar Landsleute. Die Freunde des Journalisten an der Uni. Ja, auch zwei Frauen. Bist du zu Hause? Keine Kunden? Gut, ich rufe dich noch mal an.«

Lächelnd legte er auf.

»Ich fände es nett, wenn ihr heute abend zu uns kommt. Wir können eine Kleinigkeit essen, etwas trinken und uns unterhalten. Oder habt ihr Verpflichtungen? Meine Frau und meine Tochter würden sich sehr freuen.«

Soraya reagierte sofort: »Mit Vergnügen. Ich würde gern den Friseursalon deiner Frau sehen.«

Wir mußten lachen.

»Ich freue mich darauf«, sagte er und löschte das Licht.

Wir stiegen in seinen Kleinbus.

Wir fuhren an erleuchteten Hotels vorbei. Die Restaurants waren voller Leute. Die Souvenir-Verkäuferinnen waren fort, und der Ozean war ruhig. Siamak mußte einem Kunden noch einen Computer bringen. Er parkte bei einer Laterne vor einem Haus, und so konnten wir den Leuten in aller Ruhe ins Wohnzimmer schauen.

Erst wollte ich nicht, doch die Versuchung war zu groß. In dem Haus wohnte eine junge indische Familie mit drei Kindern. Der Mann war damit beschäftigt, die Garderobe zu reparieren. Die Kinder saßen auf dem Sofa und sahen fern. Die Frau, in traditioneller indischer Kleidung, arbeitete an der Nähmaschine. Auf dem Herd stand ein Topf.

Die Frau bemerkte uns. Wir dachten, sie würde den Vorhang zuziehen, aber sie tat es nicht. Sie stand auf, räumte etwas auf, hob den Deckel vom Topf, sah zu uns hin und lächelte.

Siamak kam zurück und wir fuhren weiter. Wir hielten vor einem freistehenden, von hohen Bäumen umgebenen Haus.

Eine gut gelaunte Frau öffnete die Tür.

»Willkommen! Was führt euch her?« fragte sie.

»Der Wind«, sagte Soraya. »Aber das müßten Sie doch am besten wissen!«

»Allerdings! Kommt herein! Hier lang!«

Das Haus war persisch eingerichtet. Auf dem Fußboden lagen schöne, teure Teppiche, und an den Wänden hingen Souvenirs aus Isfahan. Auf dem Kaminsims standen Fotos von Eltern und Verwandten. Und wie in traditionellen persischen Familien üblich, stand frisch aufgegossener Tee bereit und ein Teller mit Obst, Gebäck, Süßigkeiten, eine Schale mit Wasser, Teelichter und duftende Blumen.

Siamak legte sofort wehmütige traditionelle persische Musik auf.

»Für mich ist es wie ein Besuch bei Verwandten«, sagte Soraya glücklich, »es ist, als ob ich bei meiner älteren Schwester zu Besuch bin. Ich hatte fast vergessen, wie man seine Gäste empfängt.«

Sie hatte recht, wir hatten das gleiche Gefühl. Wir tranken

Tee und redeten über alles, vor allem über die Zeit der Revolution und den Aufstieg der Geistlichen. Über die Verhaftungen, die Hinrichtungen und über die Flucht.

In dem Moment kam die Tochter herein. Sie küßte alle fröhlich und hieß uns willkommen.

»Du sprichst gut persisch«, bemerkte Frug.

»Das möchte mein Vater so. Jeden Sonntag gibt er mir eine Stunde Unterricht«, sagte sie.

»Ja«, sagte Siamak, »aber jetzt hast du Vergnügen daran.«

»Ja, stimmt«, sagte sie und lachte.

»Ich habe gehört, daß Sie einen Friseursalon haben und viele Kunden, Sie sind weltberühmt in Durban«, sagte Soraya.

»Ach was, weltberühmt! Wer hat das gesagt? Ich zeige ihn euch«, sagte sie und nahm die Frauen in ihren Friseursalon mit.

Wir blieben mit Siamak zurück.

»Nehmt Platz, Jungs!«

Rumi setzte sich. Malek und ich gingen zu einem Tisch, auf dem ein paar Computer standen. Wir waren neugierig. Als wir noch lebten, gab es weder in den Läden noch an der Universität, an der wir studierten, Computer. Eigentlich hatten wir noch nie einen gesehen.

Wir wußten nicht, wie sie funktionieren, und waren neugierig, wie sie wohl von innen aussahen. Ich selbst habe Mathematik studiert, obwohl ich Literatur liebte. Malek studierte Physik. Ich war im achten Semester, als ich verhaftet wurde. Malek im sechsten. Bestimmt hatte sich die Wissenschaft in den letzten zwanzig Jahre enorm entwickelt.

»Du reparierst auch zu Hause?« fragte ich.

»Es geht nicht anders. Als Immigrant kann man nie stillsitzen. Wir tun eigentlich nichts anderes als arbeiten. Mein Computerladen und der Friseursalon meiner Frau, das ist unser Leben geworden.«

»Seid ihr je zurückgegangen?«

»Nein, das ist noch nicht möglich. Aber unsere Tochter wird wahrscheinlich nächsten Sommer fahren. Sie ist jetzt erwachsen und hat einen südafrikanischen Paß.«

Wir stellten Fragen über die Computerteile. Als er merkte, daß wir mehr darüber wissen wollten, schraubte er einen Computer auf und erklärte uns, wie alles funktionierte.

Es war eine wunderliche Art, sich kennenzulernen. Nach einer Weile kamen die Frauen mit einer Überraschung zurück. Die Gastgeberin hatte Sorayas Haar kurz geschnitten und ihre Augen mit persischem Moschus geschminkt. Sie sah wunderbar aus.

Auch Frug hatte sich ein wenig Moschus ins Haar und auf das Gesicht getan. Doch das fiel nicht auf. Sie blieb im Hintergrund, so daß wir sie nicht betrachten konnten, doch Soraya wollte uns ihre ganze Schönheit zeigen, sie schaute in den Spiegel und sagte: »Männer! Wie findet ihr mich? Schön?«

Sie brachte uns in Verlegenheit. Wir waren nicht gewöhnt, auf solche Fragen zu reagieren.

Rumi errötete. Malek sah mich an und lächelte. Ich mußte etwas sagen.

»Überraschend!« sagte ich.

»Das ist keine Antwort«, sagte Soraya.

Mit dem linken Auge sehe ich die Dinge verschwommen, deshalb drehte ich mein Gesicht ein wenig, sah sie mit dem rechten Auge an und sagte: »Schön! Du bist überraschend schön, Soraya!«

Soraya war unser Liebling. Sie war immer schon besonders gewesen. Bevor sie starb, mochte jeder sie. Und als sie auf diese grausame Weise umgebracht wurde, tat es uns allen weh.

Ich saß noch im Gefängnis, als sie starb. Und als ich es hörte, beschloß ich, keinen einzigen Kompromiß mehr einzugehen. Ich sprach mich offen gegen das Regime und seine

Staatsreligion aus. Deshalb bekam ich auch keine Strafmilderung. Sie haben mich an die Wand gestellt und erschossen.

Ich fiel nicht gleich hin, sondern stolperte, ging in die Knie und fiel dann mit der Stirn auf den Boden. Seitdem habe ich oft Kopfschmerzen und kann mit dem linken Auge nicht so gut sehen.

Soraya genoß meine Bewunderung sichtlich. Aber ich wollte noch eins draufsetzen: »Du warst damals schon die schönste Frau der Universität. Und jetzt bist du noch schöner und noch lebendiger geworden. Ich freue mich, daß du so fröhlich bist.«

Ich mußte es sagen, denn Soraya hatte nie zuvor die Gelegenheit gehabt, offen von einem Mann bewundert zu werden.

Rumi sah sie nicht an, doch er nickte lächelnd und beifällig. Er hatte an der gleichen Universität studiert. Er wußte, was ich damit meinte, Soraya sei die schönste Frau der Universität gewesen.

Siamak machte eine Flasche Rotwein auf. Wir tranken und sprachen über unser Land.

Es wurde eine unvergeßliche Nacht, die Frauen gingen hinauf, um das Zimmer der Tochter des Hauses, Mardjan, zu begutachten. Und wir stießen miteinander an. Wir blieben fast bis Mitternacht und wären gern noch länger geblieben. Doch Soraya wollte gehen.

Siamak brachte uns zur Promenade zurück. Dort drückten wir ihm die Hand und wünschten ihm Glück.

Als er ging, folgten wir Soraya zum Strand.

Am Wasser stand ein junger Mann neben einem schaukelnden Boot. Soraya wußte, wer er war, wir nicht. Doch es wurde uns schon bald deutlich. Wir verstanden auch, daß er nicht zufällig da stand. Soraya hatte sich das Haar nicht ohne

Grund schneiden lassen. Deshalb hatte sie den Friseursalon von Siamaks Frau sehen wollen.

»Ich gehe«, sagte sie.

Wir sagten nichts. Wir wußten, daß sie nicht anders konnte.

»Vielleicht komme ich zurück, vielleicht auch nicht«, hörten wir sie im Dunkeln sagen.

Soraya ging.

Er stand da und wartete auf sie.

Sie ging langsam zu ihm hin.

Wir sahen, daß er sie küßte.

Daß er ihr den Arm um die Schulter legte.

Dann gingen sie fort.

Wir sahen ihnen, die fortgingen, eine Zeitlang nach.

Wir wußten nicht, ob wir Soraya jemals wiedersehen würden.

Wir dachten an sie und an den Ozean und gemeinsam sagten wir Ellens Gedicht auf, das wir gestern nacht auswendig gelernt hatten:

> *Wie Inhaca zur Küste hinschaut, so wende ich mich*
> *dir zu, mit meinem weichen Mund, meinen Brüsten.*
> *Wie lange noch, bis ich mich mit deinem breiten*
> *Cashewnußwald vereinige, wir ineinanderpassen,*
> *dein schilfbewachsener Arm um mich,*
> *dein brauner Körper mein Körper?*

◤◢ Elf ◤◢

Als ich die Stadt verlassen wollte, waren keine Kamele mehr da.
Man sagte: Warte, bis die Kamele, die nach Mekka unterwegs sind,
zurückkommen. Ich wartete noch einundzwanzig Tage am Rand
dieser riesigen Wüste. Kein Kamel. Meine Geduld war am Ende.
Wann kommen sie nur?
Plötzlich tauchten Tausende auf.
Ich mietete mir eins und ritt los.

1

Spät in der Nacht kam Dawud zu uns. Er war müde und niedergeschlagen. Vielleicht bemerkte er darum nicht, daß Soraya nicht bei uns war.

Er erzählte uns etwas Trauriges über Chris' Briefe:

Weil es der letzte Abend war, waren wir mit einigen Dozenten der Universität essen gegangen. Doch Chris ging nicht
mit. Er blieb im Hotel. Als wir zurückkamen, war er nicht in
seinem Zimmer. Wir warteten eine Weile, doch er kam nicht.
Seine Frau machte sich Sorgen. Wir suchten ihn überall, doch
er war nirgends zu finden.

Auf einem Spaziergang hatte ich ihn einmal allein am Ende
des Strands gesehen. Er saß im Sand und starrte auf den Indischen Ozean.

Ich lief zum Strand, vielleicht war er dort. Unter der letzten Laterne sah ich eine Silhouette. Ich ging näher. Es war Chris. Er schrieb und weinte. Einige beschriebene Blätter lagen neben ihm auf dem Boden, er hatte sie mit einem Stein beschwert, damit sie nicht vom Wind weggeweht wurden.

»Chris«, sagte ich leise.

Er hob den Kopf.

»Was ist los, Chris? Warum bist du so traurig?«

»Nichts, es ist nichts«, sagte er.

Ich setzte mich neben ihn.

»Was schreibst du?«

»Briefe«, sagte er.

»An wen?«

»An meine Kinder. Manchmal denke ich, ich muß es jetzt aufschreiben, sonst kann ich es nicht aushalten.«

»Es ist doch schön, seinen Kindern zu schreiben. Machst du es oft?«

»In den vergangenen Jahren habe ich ihnen Hunderte Briefe geschrieben. Sie sind mir immer noch böse. Ich habe ihnen erklärt, daß im Leben manchmal etwas passiert, was man nicht in der Hand hat. Doch ich bin in ihren Augen nichts wert, sie antworten mir nicht. Ich schrieb ihnen, auch mir sei etwas zugestoßen. Wie einem der Tod zustößt. Ich schreibe ihnen, es sei mein gutes Recht, sie zu sehen und mit ihnen zu reden. Ich schreibe ihnen, daß ich es respektiere, wenn sie mich nicht sehen wollen und mich nicht sprechen wollen. Aber ich muß es einfach erklären, ich muß sie wissen lassen, was ich davon halte und wie ich mich fühle.

Aber heute nacht ist eine besondere Nacht. Am Anfang des Abends rief ich einen Freund an. Er erzählte mir, daß ich Großvater geworden bin. Eine Enkeltochter.

Ich weine, ich schreibe ihnen, daß ich ein Anrecht darauf habe, mein Enkelchen zu sehen. Ich bin schon gestraft genug.«

»Was hast du getan, daß sie dich so strafen wollen?«

»Ich begreife immer noch nicht, wie es geschehen konnte. Ich war Lehrer an einer Grundschule und Vater von fünf Kindern. Ein ganz normaler Familienvater, eine gute Ehe. Ich trank nicht, ich rauchte schon gar nicht, war immer rechtzeitig zu Hause und hatte immer Zeit für meine Kinder. Nie war ich krank, und meine Kollegen respektierten mich.

An einem Elternabend kam die Mutter einer meiner Schülerinnen zu mir, um über das Zeugnis ihrer Tochter zu sprechen. Ich stellte ihr einen Stuhl hin, setzte mich an meinen Tisch und nahm die Noten mit ihr durch. Sie war alleinerziehend. Sie schrieb Gedichte. Ich hatte einen Gedichtband von ihr. Alles ging ganz normal, wie bei allen andern Müttern, die kamen und gingen. Aber nachts konnte ich nicht schlafen. Ihre Gedichte gingen mir durch den Kopf. Auch in der Nacht darauf konnte ich nicht schlafen. Und auch in der nächsten nicht. Ich konnte nicht mehr arbeiten, wollte sie wiedersehen. Ich hatte das Bedürfnis, noch einmal neben ihr zu sitzen. Nächtelang ging ich durch die leeren Straßen und rezitierte ihre Gedichte. Alle dachten, ich sei verrückt geworden. Eines Nachts packte ich meinen Koffer und ging zu ihr. Ich schellte, sie öffnete die Tür. Ich sagte: ›Laß mich herein!‹

Sie ließ mich herein. Ich fand Ruhe. Ich blieb.«

Ich steckte seine Briefe in die Umschläge und klebte Briefmarken drauf.

An der Promenade warfen wir sie ein.

◈ Zwölf ◈

Auf dem Kamel kam ich an einem Gebiet vorbei, das Sorda hieß.
Die Bewohner tranken Kamelmilch und aßen Kamelfleisch, sie
hatten ihr Leben lang nichts anderes gegessen und getrunken. Sie
glaubten, die ganze Welt äße und tränke nichts anderes. An Fest-
tagen rösteten sie einen Wüstenwaran, wenn sie denn das Glück
hatten, einen zu fangen.
Jeder dort hielt sich für einen Sultan. Jeder stahl, jeder wartete
auf einen Reisenden, um ihm sein Geld, seine Kleider und Schuhe
abzunehmen. Gott stand mir zur Seite. Ich wurde vom Dieb der
Diebe heimgesucht. Er nahm mir mein Kamel ab und suchte in
meinen Taschen nach Geld. Ich hatte kein Geld, und meine Schuhe
waren kaputt. Ich überreichte ihm mein letztes Gedicht. Mühsam
las er es. Er verstand es nicht. Er las es nochmals. Nein, immer
noch nicht. Er las es zum drittenmal. Jetzt erst verstand er es, fand
es interessant, lächelte, gab mir mein Kamel zurück und suchte
ein Paar gebrauchte Schuhe für mich. Er drückte mir die Hand
und ließ mich gehen.

1

Am Morgen in aller Frühe, bevor die Sonne auf den Rücken
des Ozeans stieg, verließen wir Durban.
    Wohin?

Nach Potchefstroom.

Auch Dawud fuhr mit seinen Reisegefährten dorthin.

Wir folgten ihnen.

Wir erreichten Potchefstroom. Es war ein ruhiger Ort. Ein Universitätsstädtchen.

Es war heiß. Frug und Rumi waren müde. Am Stadtrand setzten wir uns unter die alten Bäume, um auszuruhen. Die anderen legten sich zu einer Siesta hin.

Ich nicht, ich war nicht müde. Ich dachte: Ich werde mir die Stadt anschauen, während sie schlafen.

Ich stand auf und spazierte in Richtung Zentrum.

Die Autos fuhren links, ich vertat mich andauernd und wäre beinahe überfahren worden. Die Straßen waren menschenleer. Ob das immer so war oder nur weil die Semesterferien begonnen hatten?

Ich schlenderte über den Platz und betrachtete die Schaufenster und die Lokale. Dann ging ich über die große Brükke auf die andere Seite. Ich sah neue Häuser und moderne Wohnungen. Etwas weiter kam ich in ein neues von einem Stacheldrahtzaun umgebenes Viertel. Der einzige Eingang führte durch ein großes Eisentor. Man brauchte einen Passierschein, um hineinzukommen. Ich wäre gern durch das Viertel geschlendert und hätte mir die Häuser angeschaut.

Da ging das Tor auf und ein Auto fuhr heraus. Unbemerkt schlüpfte ich hinein.

Es waren schöne Häuser aus Stein. Soweit ich sehen konnte, waren alle Bewohner weiß und westlich gekleidet. Fast überall stand eine Frau in der Küche und bereitete das Abendessen vor.

Ein paar Frauen, denen ich begegnete, machten auf dem Absatz kehrt und gingen ins Haus zurück. Ihr Verhalten befremdete mich etwas.

Ich machte eine Runde durch alle Straßen des Stadtteils,

doch als ich wieder hinauswollte, war das Tor geschlossen. Ich mußte lange warten, bis wieder ein Auto auftauchte.

Ich schlenderte weiter. Es war erfrischend, an so einem heißen Tag im Schatten der Bäume zu spazieren. Ich fühlte mich frei, ich fühlte mich glücklich. Seit Jahren hatte ich mich nicht mehr so glücklich gefühlt.

Obwohl ich hier völlig fremd war, fühlte ich mich nicht wie ein Fremder. Ich war aufgeregt, wäre gern etwas gerannt, aber meine Schuhe waren zu steif. Ich versuchte es ein wenig im Laufschritt.

In der Ferne sah ich Leute am Straßenrand im Gras sitzen. Einige von ihnen verkauften rote Plastiksachen. Noch nie hatte ich Menschen so entspannt, so selbstverständlich im Gras sitzen sehen. Die Sonne, die ich vergessen hatte, und das Ungewohnte dieser Reise hatten mich verrückt gemacht. Ich hatte mich fast nicht mehr in der Hand. Ich begann schneller zu laufen. Am liebsten hätte ich einen Purzelbaum geschlagen. Ich riß mich zusammen, doch schließlich konnte ich nicht anders und machte einen Purzelbaum im Gras am Straßenrand. Und noch einen, und noch einen, und noch einen. Wie ein Kindskopf.

Als ich wieder aufstehen wollte, ging es nicht. Ich verlor das Gleichgewicht. Und ich verstand nicht, was mit mir los war. Ich hörte Frauen und Kinder schreien, sah grellrote, -grüne und -gelbe Farben und fiel wie ein Mehlsack zu Boden.

Mir wurde schwarz vor Augen. Ich weiß nicht, wie lange. Irgendwann sah ich schwarze Frauen und Kinder über mir, die in einem Kreis um mich herum standen und mich verwundert ansahen.

»Is everything okay?«

»Yes, okay.«

Zwei Frauen halfen mir auf, und ein Junge stellte mir meinen linken Schuh hin.

»Thank you! Thank you«, sagte ich, »no problem. Yes, I can walk.«

Ich winkte den Kindern und den Frauen zu und rannte zur Brücke.

Meine Freunde lagen noch unter dem Baum. Ich legte mich neben sie. Und ich dachte: Das Leben ist ein herrliches Abenteuer!

2

Tief in der Nacht saßen wir auf einer Bank in Potchefstroom und warteten auf Dawud. Er wollte uns berichten, was er tagsüber und in der Nacht erlebt hatte. Zu unserer Verwunderung erwähnte er Soraya wieder nicht. Er begann einfach zu erzählen:

Wir haben einen neuen Reiseleiter und einen neuen Kleinbus. Der Reiseleiter brachte uns zu einer alten Dame, einer Witwe, bei der wir übernachten sollten.

Als wir ankamen, hatte sie gerade Besuch von ihrem Sohn, einem vierzigjährigen Mann, ihrer Schwiegertochter und ihren beiden Enkeln. Sie saßen im Garten und tranken Tee.

Sie war sehr gastfreundlich und lud uns ein.

Die Dichterinnen waren müde und zogen sich in ihre Zimmer zurück, aber ich hatte Lust, mich ein wenig zu ihnen zu setzen.

Sie ähnelten einer niederländischen Durchschnittsfamilie, waren aber keine Niederländer.

»Schön wohnen Sie hier!« sagte ich auf Niederländisch.

»Ja, *baaie, baaie* schön, sehr, sehr schön«, sagten sie.

»Leben Sie auch in Potchefstroom?« fragte ich den Mann.

»Nein, auf dem Land, in einem Bauernhof, etwa dreißig Kilometer von hier«, antwortete er auf Englisch.

»Sprechen Sie auch Niederländisch?«

»Ja, doch, ein paar Worte«, sagte er lachend.

»Was sprechen Sie zu Hause?«

»Zu Hause Afrikaans. Sonst Englisch.«

Ich war so neugierig, zu erfahren, wie diese Leute lebten, nein, nicht nur diese Leute. Ich war einfach neugierig auf alles! Sie wohnten in einem Bauernhof am Fuß eines Hügels, ich hätte gern ihr Haus gesehen, wäre gern in ihrem Garten herumgegangen, hätte gern gesehen, wie ein weißer Südafrikaner mit seiner Frau und zwei Kindern auf dem Land lebt. Aber das ging natürlich nicht. Ich hätte gern gewußt, was sie zu Abend aßen. Doch solche Fragen stellt man unbekannten Menschen nicht. Ich hätte gern gewußt, wie spät sie ihre Kinder ins Bett schicken und wie spät sie selbst ins Bett gehen.

Statt dessen stellte ich ein paar Fragen über Potchefstroom, dann schwieg ich und trank meinen Tee.

Sie waren die Nachkommen von Niederländern, die vor Jahrhunderten in dieses Land gekommen waren. Ich hätte gern gesehen, wie sie lebten. Ich wäre gern auf ihren Bauernhof eingeladen worden.

Ich stand auf und ging in mein Zimmer.

Durchs Fenster beobachtete ich, wie sie sich verabschiedeten. Der Mann setzte seine Mütze auf, half seiner Frau und den Kindern in den Lieferwagen und fuhr weg.

Ich ruhte mich ein wenig aus. Abends hatten wir eine Lesung.

3

Ungefähr achtzig, neunzig Leute waren gekommen. Die Akademiker und die Honoratioren der Gegend. Obwohl es heiß war, trugen fast alle Männer einen Anzug, und die Frauen waren sehr schick gekleidet. Ich hatte das Gefühl, als sei der Abend ein wichtiges Ereignis für das Städtchen. Ich stand auf der Veranda und beobachtete die Leute, die hereinkamen. Solche Zusammenkünfte verlaufen immer nach dem gleichen Muster. Alle Damen trugen ein schwarzes Täschchen und sahen aus, als gingen sie ins Konzert. Der Ort lag still da, und die Nacht war schön. Jeder, der hereinkam, nahm sich ein Glas Wein. Die Männer standen bei den Männern und die Frauen bei den Frauen.

Auch ich hatte mich anständig angezogen und sogar etwas Parfüm genommen. Ich spürte, daß es ein besonderer Abend werden würde.

Unsere Dichterinnen hatten sich diesmal besser gekleidet, nur Chris erschien ungepflegt. Er war so in Gedanken versunken, daß ich dachte: Er ist verloren, niemand kann ihn mehr retten.

»Alles okay, Chris?« fragte ich ihn leise, als er an mir vorbeiging.

Er hörte mich nicht, setzte sich auf den einzigen Stuhl, der auf der Veranda stand, und blickte in die Nacht hinaus.

Nach und nach gingen alle hinein. Er aber blieb sitzen.

»Gehst du nicht mit hinein, Chris?«

Er schüttelte den Kopf.

Der Kameramann war schwer beschäftigt. Er sprang auf einen Stuhl, kletterte auf das Podium, ging an den Wänden entlang und filmte alle Plakate.

Er faszinierte mich, aber wie ich es auch anstellte, ich konnte mir keinen Reim auf ihn machen. Ich versuchte, mit ihm ins Gespräch zu kommen, mich in seine Welt einzufühlen, doch er entschlüpfte mir wie ein Fisch. Er war da und zugleich nicht da. Noch nie hatte ich ihn ohne Kamera gesehen, und es war mir nicht gelungen, mehr als zwei persönliche Worte mit ihm zu wechseln.

Manchmal dachte ich: Wenn ich ihm jetzt plötzlich die Kamera wegnehme, löst er sich in Luft auf.

Die Lesung begann. Die Dichterinnen waren überglücklich über das Publikum. Sie lasen ihre neun Gedichte vor. Und zwei neue Gedichte, die sie auf der Reise gemacht hatten.

Ich selbst hatte das Gefühl, einen Vortrag vor Bekannten zu halten. Vor Freunden, Verwandten und Kameraden, die ich jahrelang nicht mehr gesehen hatte. Dieses Gefühl gab mir Kraft und Selbstvertrauen. Ich sprach etwas leichtfüßiger und berichtete viel Gutes von den Niederländern, die ich in Stellenbosch noch kräftig kritisiert hatte. Jetzt, da ich mich wohl fühlte, fielen mir nur positive Dinge ein, und ich konnte sie mit mehr Humor erzählen.

Der Vortrag brachte mich, brachte uns dem Publikum nahe. Es wurde ein schöner Abend. Der offizielle Teil war nun vorbei. Man trank etwas, man freute sich.

Ich hatte nichts getrunken, doch aus irgendeinem Grund mußte ich an Sophia denken. Ich sah sie in jeder anwesenden Frau. Wohl vierzigmal sah ich sie. Ich dachte, es kommt durch die Hitze. Ich zog mein Jackett aus und öffnete den obersten Hemdknopf. Ich ging auf die Veranda, um frische Luft zu schnappen und das Bild aus meinem Kopf zu vertreiben.

Da stand ich und dachte: Merkwürdig. Ich mag diese Menschen. Einer von ihnen geht mir nicht aus dem Kopf. Es fällt schwer zu glauben, daß diese Menschen an der Apartheid festgehalten haben. Früher war meine Auffassung der ihren diametral entgegengesetzt. Aber jetzt? Jetzt stehe ich hier, und sie sind für mich wie alte Freunde.

Ich betrachtete sie. Alles freundliche, sympathische Menschen. Ich konnte es nicht begreifen.

Am Ende des Abends drückten mir alle die Hand und wünschten mir eine gute Zeit in ihrem Südafrika.

»Kommst du mit?« fragten die Dichterinnen.

»Nein, ich möchte noch etwas trinken gehen. Einen Spaziergang machen.«

Auch sie waren glücklich über den Abend, redeten über die Reaktion des Publikums auf ihre neuen Gedichte. Ich bog in eine Seitenstraße ein.

Im Saal hatten alle getrunken, ich nicht, ich trinke nicht gern, wenn viel Betrieb ist. Jetzt hatte ich Lust, etwas zu trinken. Ich kam an ein paar Kneipen vorbei. An einer Ecke fand ich ein kleines, ruhiges Lokal. Es waren keine Kunden da.

»May I have a glass of wine?« fragte ich die Frau, die hinter der Theke stand und die Kasse gerade schloß.

»Sorry, we don't sell any alcohol.«

Ich wollte wieder gehen.

»Well ... I can give you a glass«, sagte sie.

Sie führte mich nach oben auf den Balkon und stellte mir einen Stuhl ans Geländer, so daß ich an der frischen Luft sitzen und auf die Straßen hinunterschauen konnte.

Ich fand es schade, daß es mir nicht gelang, mit schwarzen Südafrikanern in Kontakt zu kommen; alle, die ich sprach, waren weiß. Zu der Lesung war kein Schwarzer gekommen.

In der Stille trank ich meinen Wein, gern wäre ich die ganze Nacht hier sitzen geblieben, doch es war spät, und die Frau wollte weg.

Ich zahlte und ging. Als ich draußen stand, löschte sie das Licht. Plötzlich zeigte die Nacht sich. Eine so dunkle Nacht hatte ich noch nie erlebt. Tiefste Finsternis. Als wäre alles mit einem großen, schwarzen Tuch bedeckt, einem wohlig warmen, samtenen Tuch.

Im Dunkeln hörte ich Frösche, Heuschrecken, Mäuse, Katzen, Hunde, das Rascheln der Blätter an den Bäumen, tropfendes Leitungswasser und in der Ferne eine Frauenstimme, die ein weinendes Kind tröstete, eine Krähe, die plötzlich aufflog, und am Rauschen erkannte ich eine Schar Wildenten, die vorüberflogen.

Außergewöhnliche Schönheit, etwas nie Geahntes war in der Dunkelheit, und alle Tiere fühlten es. Sie drückten ihre Bewunderung aus. Ich verstand nicht, warum diese Nacht so schön war. Für wen diese Nacht so schön war.

Ich konnte auch nicht still bleiben, wollte auf diese Schönheit antworten, wollte die Bewunderung der Tiere für die Nacht teilen. Ich war wie verzaubert, ich konnte mich nicht mehr beherrschen. Plötzlich stieß ich einen lauten Schrei aus: »Schaaaaaaaaaaaaaaab!«

Dann war es wieder still. Die Frösche, die Vögel, die Heuschrecken, die Wildenten, die Frau, das Baby, die Blätter und der Wasserhahn verstummten und schauten mich an, den Mann, der die Schönheit der Nacht nicht mehr ertragen konnte.

⋈ **Dreizehn** ⋈

Nach drei Tagen kam ich in ein Wüstendorf. Ich war hungrig und durstig. Mein Geld war längst alle. Ich besaß nur noch eine Tasche mit Büchern. Ich setzte mich vor das Tor und legte meine Bücher auf die Erde, in der Hoffnung, dadurch mit jemandem ins Gespräch zu kommen. Niemand beachtete meine Bücher. Lesen konnten sie nicht, alle gingen mit einer Menge Pfeile und einem Bogen auf dem Rücken herum. Aus Langeweile betrachtete ich die Bilder auf dem Tor. Ein Juwel der Malerei, leider alles beschädigt. Ich suchte das Oberhaupt des Dorfes und sagte: »Ich verstehe mich auf die Kunst des Malens, könnte all diese Bilder instandsetzen. Laßt sie mich restaurieren. Es wird dem Dorf guttun.«

Er stimmte zu. Ich war mehrere Wochen damit beschäftigt, gab dem Tor seine Schönheit zurück. Sie gaben mir kein Geld, sondern bezahlten die Arbeit, die ich verrichtet hatte, mit dreihundert Kilo Datteln.

1

Auch wir vier befanden uns plötzlich in der Nacht.

In derselben dunklen Nacht. So dunkel, daß man den Weg nicht mehr finden konnte.

Wir gingen gerade spazieren, als es mit einem Schlag dunkel wurde.

Wir verhielten uns still und lauschten den Geräuschen der afrikanischen Nacht.

Es war ein merkwürdiges Erlebnis.

Der mittelalterliche persische Dichter Saadi wurde einst von einer solchen Nacht verzaubert. Er umschreibt seine Verzauberung mit folgender Geschichte: »Ich erinnere mich, daß ich mich einst die ganze Nacht einer Karawane angeschlossen hatte und wir uns gegen Morgen am Rand des Gesträuchs niederließen. Einer unserer Mitreisenden geriet in Verzückung, stieß einen Schrei aus und rannte laut singend in die Wüste. Erst als es hell geworden war, kam er wieder zu sich.

›Was war nur mit dir los?‹, fragte ich ihn.

›Ich hörte das Schlagen der Nachtigallen in den Bäumen, den Ruf der Fasane in den Bergen, das Quaken der Frösche im Wasser und das Sirren des Getiers im Gestrüpp. Ich konnte doch nicht einfach still sitzen bleiben. Ich wollte mitmachen ...‹«

In dem Augenblick tauchten über uns die Sterne auf, einer nach dem andern. Bis die Nacht voller Sterne war und alles von ihrem Silberlicht bedeckt wurde. Wir sahen die Straßen wieder und die Bäume, die Häuser, den See und die Wildenten, die sich vom Wasser erhoben und über die hohen Bäume flogen.

In jener Nacht wollten wir bis zum frühen Morgen spazierengehen. Wir schlugen einen Feldweg ein und gingen ins Gespräch vertieft auf einen Hügel in der Ferne zu, wo die Bauernhäufe vereinzelt lagen und Licht hinter den Fenstern brannte.

Wir kamen an einem umzäunten Bauernhof vorbei, eine große Lampe erleuchtete die Veranda. Ein Hund rannte zum Zaun und begann laut zu bellen. Ein Vorhang wurde zur Seite geschoben, und ein paar Kinder spähten neugierig heraus. Aber sie sahen uns nicht.

»Ob es für Kinder nicht schwierig ist, so weit weg von allem zu leben?« fragte Rumi.

»Wieso, weit weg von allem?« sagte Frug. »Das ist ihr Leben, sie sind hier zur Welt gekommen und wachsen hier auf. Ihre Eltern bringen sie jeden Tag zur Schule und holen sie wieder ab. Es ist einfach anders als bei uns.«

»Aber sie müssen es doch vermissen, keine Nachbarn zu haben, andere Kinder, mit denen sie spielen können.«

»Auf so einem großen Bauernhof gibt es immer was zu erleben. Man braucht sich nicht zu langweilen. Für die Kinder ist es kein Problem, aber für ihre Eltern muß es schwierig sein.«

»Würdest du gern so leben?« fragte ich Malek.

»Ich würde sehr gern ins Leben zurückkehren. Ich würde mich sofort auf die Suche nach einer Frau machen, würde einen Lieferwagen kaufen und Kinder bekommen. Ach, mein Herz schlägt gleich schneller! Ich würde meine Frau immer lieben und mit Vergnügen meine Kinder zur Schule bringen. Ich wäre bereit, an jedem noch so verlassenen Ort zu wohnen. Ich würde geloben, aus jedem Bauernhof ein Paradies zu machen, wenn ich ins Leben zurückkehren dürfte.«

Wir liefen auf einem holprigen Weg weiter. Wir sahen große runde Gebilde, eine Art Türme, wie wir sie nie zuvor gesehen hatten. Durch die Schatten der Nacht veränderte sich ihre Form ständig. Was mochte das sein?

Wir sahen sie uns genauer an. »Ameisentürme!« sagte Malek.

Wir faßten sie an. Es war ein faszinierender Anblick. Hunderte solcher Türme bis zum Fuß des Hügels. Wir hielten die Ohren daran und hörten seltsame, geheimnisvolle Töne.

Wir wanderten an den Türmen vorbei in Richtung auf den

Hügel. Es war, als bewegten wir uns auf dem Boden eines anderen Planeten.

Plötzlich fuhr ein Lieferwagen vorbei, der viel Staub aufwirbelte. Er hielt vor einem Bauernhof an und wartete vor dem geschlossenen Tor. Licht ging an, ein Hund kam herbeigerannt, ein schwarzer Mann öffnete das Tor. Das Auto fuhr weiter und hielt unter einem Baum. Das Tor schloß sich sofort wieder.

Der Fahrer, ein Weißer, stieg aus. Er rief dem Mann am Tor etwas zu und ging ins Haus.

Der schwarze Mann rief den Hund, löschte das Licht und verschwand in der Dunkelheit.

Eine Herde Pferde, die irgendwo unter den Bäumen gestanden hatte, hatte uns gewittert und galoppierte über das Gelände. Der Hund begann wieder zu bellen, doch die Stimme des Manns brachte ihn zum Schweigen.

Das Anwesen war groß und erstreckte sich bis zum Fuß des Hügels. Wir gingen an Apfelbäumen vorbei und herbstlichen Weinranken. Hier wurde Gemüse angebaut. Auberginen vielleicht! Bohnen, die wahrscheinlich noch an den hohen Stangen hingen.

Die Nacht war warm. Fledermäuse flatterten fiepend über den Hof. Als eine Eule auftauchte, verschwanden sie. Alles war wieder still.

Wir hörten den schwarzen Mann etwas sagen und sahen ihn zur Scheune gehen. Durch das kleine Fenster fiel ein schwacher gelber Lichtschein. Der Mann machte sich dort kurz zu schaffen, kam wieder heraus und ging zur Veranda seines Hauses zurück. Dort hing eine kleine Lampe, eine junge Frau saß an einem Tisch. Vor ihr stand eine große Schüssel mit Pfirsichen, sie schnitt einen nach dem anderen auf, entfernte den Kern, teilte das Fruchtfleisch in vier Stücke und legte sie in eine andere Schüssel.

Der Mann sagte etwas zu der Frau, ging ins Zimmer, beugte sich über ein kleines Bett, verscheuchte eine Fliege, schenkte sich etwas aus einer Flasche ein, kam wieder heraus und setzte sich der Frau gegenüber.

Wir gingen an den Kirschbäumen vorbei und kamen dem Hügel immer näher. Wieder kamen wir an einen Bauernhof, doch hinter seinen Fenstern brannte kein Licht.

Das Tor stand auf, der Zaun war beschädigt. Unkraut wucherte überall, und die Bäume waren schon lange nicht mehr zurückgeschnitten worden. Fensterscheiben waren eingeschlagen, und der Wind drückte das Scheunentor sanft gegen die Mauer. Ein schrottreifer Traktor stand mitten auf dem Grundstück.

Alles war den Nachttieren überlassen worden.

In einem Schuppen hingen Schädel mit großen Geweihen über dem Fenster. Wir konnten nicht feststellen, von welchen Tieren sie waren. Wir gingen an dem Schuppen vorbei. Man konnte die Umrisse von Landbaumaschinen erkennen, kleine Traktoren, Mähmaschinen, Weinfässer und einen Dieseltank.

Hinter dem Bauernhof stand eine Scheune, in der wir Tiere hörten. Der Hof schien zwar verlassen, aber vielleicht wurde der Stall noch benutzt. Vorsichtig öffneten wir die Tür.

Plötzlich setzten sich Dutzende Tiere in Bewegung und stießen seltsame Laute aus.

Wir erschraken und schlossen die Tür schnell wieder.

»Was waren das bloß für Tiere?«

»Kamele!« sagte jemand.

»Ich sah Flügel«, sagte ein anderer, »es waren große Vögel!«

»Kühe. Kälber!«

»Nein, keine Kühe und auch keine Kälber«, sagte Malek, »sondern fliegende Kamele!«

Große Vögel mit langen Beinen, einem langen Hals und einem kleinen Kopf. Wir hatten nie zuvor solche Tiere gesehen und schon gar nicht im Dunkeln.

Wir machten kehrt und gingen weiter zum Fuß des Hügels.

»Was machen die Vögel da?« fragte Rumi.

Keine Ahnung.

»Wahrscheinlich legen sie große Eier«, sagte Marek.

»Aber wozu sind die Eier gut?«

Am Fuß des Hügels setzten wir uns auf einen Felsen und schauten in die Nacht hinaus. Es war so beruhigend, daß wir wünschten, es würde nie zu Ende gehen. Wenn wir gekonnt hätten, wären wir geblieben und hätten ein neues Leben als Bauern angefangen.

Doch das ging nicht.

Rumi konnte nicht wegen seines tauben Töchterchens.

Frug nicht wegen ihres Mannes.

Und ich selbst konnte mir nicht vorstellen, auf einem Bauernhof zu leben. Pflügen, säen, ernten, instandsetzen und tischlern, das war nichts für mich. Das hätte ich eine Woche oder höchstens einen Monat ausgehalten.

Nur Malek wäre dafür geeignet gewesen, er war der Handwerker unter uns, der, auf den man sich verlassen konnte. Ein unentbehrlicher, geschickter Mann. Wenn die Bohrmaschine plötzlich nicht mehr funktionierte, dachten wir an ihn. Wenn das Auto mitten auf der Straße den Geist aufgab, riefen wir ihn an. Selbst wenn die Äpfel unseres alten Apfelbaums vor der Zeit vom Baum fielen, wußten wir, daß wir es Malek erzählen mußten.

Er war gut gebaut und hatte starke Muskeln.

»Malek! Du könntest hier bleiben. Dieser verlassene Bauernhof wäre genau das Richtige für dich«, sagte ich zu ihm.

»Ich würde ja gern«, sagte er, »es juckt mich in den Fingern. Seit Jahren habe ich nicht mehr mit den Händen gearbeitet. Auf diesem Bauernhof hätte ich für Jahre zu tun! Ich würde gern wieder Bewegung in den Traktor bringen, das schadhafte Dach ausbessern, Licht in den Zimmern machen, einen Lieferwagen kaufen, eine hellen Stall für die Strauße bauen. Aber ich habe so meine Zweifel, ob ich es körperlich schaffen würde. Die Schußwunde tut immer noch weh, ich kann mich immer noch nicht richtig bücken.«

»Ich glaube, das ist eine Frage der Zeit«, sagte ich. »Wenn du wieder arbeitest, werden deine Muskeln geschmeidig. Schieb mal den Pulli hoch, laß uns deinen Rücken inspizieren.«

Er zog den Pullover hoch. Gut zu sehen war es nicht, aber man konnte die Spur der Kugel auf seinem Rücken verfolgen. Ich berührte die Stelle vorsichtig: »Hier muß es sein. Tut es hier weh?«

»Ja.«

»Das ist nichts. Deine Muskeln sind etwas verkrampft. Mit der Zeit wird sich das legen. Du bist stark.«

»Es ging um eine Sekunde«, sagte Malek. »Der Polizist rief: Stopp! Ich rannte zum Fenster und sprang hinaus, beinahe wäre ich entkommen, aber da schoß er und traf mich tödlich.«

»Es war, glaube ich, besser so. Sie hätten dich sonst hingerichtet, genau, wie sie es mit mir getan haben.«

»Als Bauer brauchst du nicht allein zu arbeiten«, sagte Rumi, »du kannst jederzeit eine schwarze Familie anstellen und sie hier wohnen lassen.«

»Du kannst den Bauernhof mit ihnen teilen«, sagte ich.

»Erst muß er eine Frau finden«, sagte Frug lachend. »Ohne Frau kein Bauernhof.«

ᚼᚭᚼ Vierzehn ᚼᚭᚼ

Mehr tot als lebendig erreichte ich Schiras, die Stadt des Weins und der Liebe. Mein Mund war vor Durst ganz ausgetrocknet. Ich suchte Zuflucht im Schatten eines alten Baums und hielt Ausschau nach einem, der mir eine Schale Wasser reichen könnte. Plötzlich fiel ein Lichtschein aus einem dunklen Hauseingang. Eine Frau von großer Schönheit trat heraus. Es war, als bräche der Tag an in dunkler Nacht. Die Gestalt hielt in der Hand einen Becher mit Eiswasser, vermischt mit Zucker und Rosenduft. War es wirklich Rosenwasser oder hatte sie Tropfen aus der Blume ihres Gesichts hineingetan? Ich nahm den Trunk entgegen und kam wieder zu mir.

1

Dawud erzählte:

Morgens begleitete ich die Dichterinnen zum Haus in Potchefstroom, wo wir zusammen frühstückten. Auch Chris und der Kameramann waren dabei.

Unsere Gastgeberin hieß mich willkommen, sie war elegant gekleidet und fast mit einem Kilo Schmuck behängt.

»Sie haben etwas von einer Königin an sich«, sagte ich zu ihr.

Sie lächelte erfreut. Ihre Angestellte, eine alte schwarze Frau mit schöner breiter Nase, kam aus der Küche.

»Guten Tag, Mevrouw«, sagte ich.

Sie reagierte nicht.

»Salam! Guten Morgen!«

Keine Reaktion, als wären meine Worte nicht an sie gerichtet.

Sie erinnerte mich an die Mutter von Erzbischof Desmond Tutu.

»Oft denke ich an meine Mutter«, sagte Tutu in einem Interview. »Wissen Sie, eigentlich denke ich immer an meine Mutter, ich meine, ich werde nie vergessen, daß ich in die Schule ging, während wir zu Hause kein Geld hatten. Meine Mutter war Wäscherin, ich begleitete sie zu ihrer weißen Arbeitgeberin, für die sie wusch und putzte. Am Ende des Tages bekam sie zwei Shilling. Am nächsten Morgen nahm sie diese zwei Shilling und gab sie mir, ich ging zum Bahnhof und kaufte mir eine Karte nach Westbury, wo die Schule war. Und am Ende des Tages dachte ich immer an meine Mutter, die all die Arbeit getan hatte und nichts dafür zurückbekam, ja, sie starb in dem Jahr, in dem ich den Nobelpreis erhielt. Ich sehe ihr ähnlich, ich habe auch eine große Nase.«

Das Haus war alt, und alles, was ich sah, machte einen antiken Eindruck. Die Möbel, die Schränke, die Lampen und die Fotografien in alten Rahmen. Alles war hundert Jahre alt oder noch älter. Auch die Gastgeberin gehörte nicht in diese Zeit. Sie hatte das Alter des Schmucks, den sie trug. Sie war genauso alt wie das Porzellan und das silberne Besteck auf dem antiken Tisch. Man hätte meinen können, sie sei vor Jahrhunderten mit einem Schiff hergekommen und nie mehr nach Hause zurückgekehrt. Sie hatte alles von damals aufbewahrt. Die Zimmer und Gänge waren voll davon.

»Was für ein Haus! Was für ein wunderbares Wohnzimmer, Mevrouw. Ist die obere Etage auch so elegant eingerichtet?«

»Ja, noch schöner sogar«, sagte sie stolz.

»Dürfte ich vielleicht ...?«

»Selbstverständlich!«

Ich folgte ihr über eine schmale Treppe nach oben, in einen engen Gang, an dessen Wänden lauter alte Wandteppiche hingen. Teppiche aus Indien mit den bekannten grünroten Mustern, Teppiche aus dem Iran in den dunkelgelben und dunkelblauen Farben unserer Wüsten, Teppiche aus Afghanistan in den Farben der Gebirgsblumen.

»Wie kommen Sie an diese Teppiche?«

»Ich weiß es nicht mehr. Der eine hing im Zimmer meines Vaters, der andere in dem meiner Mutter, ein anderer gehörte einer Tante und wieder ein anderer einem Onkel. Wer lange lebt, hat viel erworben.«

An der Decke hingen schöne alte Lampen.

»An die erinnere ich mich noch, sie kommen aus dem Wohnzimmer des Hauses, in dem ich aufgewachsen bin.«

Sie zeigte mir einige Zimmer. Alte Betten, Stühle und Nachttischlampen.

Am Ende des Gangs öffnete sie noch eine Tür.

»Mein Schlafzimmer«, sagte sie und ging hinein.

Es war ein besonderes Zimmer: hübsch und sauber, es standen frische Blumen da, eine Schale mit blauen Trauben und ein zierliches altes Bett.

»Es kommt mir vor wie eine Ewigkeit, seit ich einen Mann in mein Schlafzimmer gelassen habe«, sagte sie lachend.

Sie öffnete den Schrank und zeigte mir ihre Kleider. Die Hochzeitskleider, den Schal ihrer Mutter, den Hut ihres Vaters und den langen schwarzen Mantel ihres Mannes.

Sie blickte in den alten Schrankspiegel und seufzte.

Wahrscheinlich hätte ich etwas sagen müssen, doch ich schwieg und schaute nur.

Als wir wieder hinuntergingen, sagte sie: »Noch nie hatte ich einen Gast im Haus, der alles sehen wollte. Das mag ich! Adèle! Wo bist du? Bring dem Herrn frischen Kaffee. Nimm die alte Tasse mit dem Goldrand aus dem Schrank. Wenn er schon alles sehen will, soll er auch aus meiner Lieblingstasse trinken.«

Die schwarze Angestellte stellte mir eine Tasse Kaffee hin, beugte sich vor und sagte: »Sir!«

»Ich bin kein Sir!« entfuhr es mir.

Sie zog sich zurück und verschwand in die Küche.

Es klingelte. Adèle machte auf. Eine hübsche junge Frau mit einem Korb voller Blumen kam herein.

»Komm doch herein!«

Es war, als wehte ein frischer Wind in das alte Wohnzimmer.

Sie hatte ein liebes Gesicht und ein angenehmes Lächeln auf den Lippen, und ihre Augen leuchteten. Der Korb mit den Blumen, den sie an sich drückte, machte sie noch jünger und noch lebendiger.

Alle sahen sie an.

Sie grüßte uns und überreichte der Gastgeberin den Korb.

»Möchtest du vielleicht einen Kaffee?«

»Nein danke, meine Mutter wartet auf mich«, sagte sie und ging wieder.

»Wer war das?« fragte ich.

»Ingrid, sie wohnt mit ihrer Mutter und ihren Geschwistern auf einem Bauernhof. Ihr Vater ist vor zwei Jahren bei einem Unfall ums Leben gekommen. Sie pflanzen Gemüse und Blumen an. Davon leben sie.«

Ingrid war fort, doch ihr Korb mit den duftenden Blumen stand auf dem Tischchen unter dem alten Spiegel.

2

Als Dawud wieder gegangen war, konnten wir lange nicht einschlafen.

Dann geschah etwas Unerwartetes.

Wir waren immer noch zu viert. Rumi, Frug, Malek und ich.

Als wir schlafen gingen, war Malek noch bei uns.

Der Himmel war dunkelblau, und da, wo wir lagen, konnten wir die afrikanischen Sterne über den hohen Bäumen sehen.

Wir wollten nicht schlafen. Irgend etwas lag in der Luft, irgend etwas würde geschehen.

Dennoch legten wir uns hin. Wir schoben den Arm unter den Kopf, schauten in die Nacht hinauf und zur Silhouette des Hügels in der Ferne.

Wir dachten an die alte Gastgeberin und ihre Dienerin, die der Mutter von Erzbischof Tutu ähnelte.

Malek dachte an Ingrid, die junge Frau vom Bauernhof, die mit einem Korb voll duftender Blumen erschienen war. »Sie baut mit ihrer Mutter Pflanzen an, um sich den Lebensunterhalt zu verdienen«, sagte er.

Niemand sagte etwas. Auch ich nicht.

Die Erde war warm. Wir hörten die Ameisen in ihren Türmen. Auch sie waren wach. Hunderte Türme und Millionen Ameisen. Die Erde zitterte leicht von ihren kaum wahrnehmbaren Stimmen.

So schliefen wir ein.

Als wir am Morgen aufwachten, waren alle da, außer Malek.
Sein Platz war leer.

Frug sagte: »Er wird zurückkommen!«
Ich, Attar, sagte: »Er kommt nicht mehr zurück.«
Rumi sagte: »Was kann er schon allein ausrichten, mit diesen Schmerzen im Rücken?«
Ich sagte: »Er bleibt nicht allein. Vielleicht hat der Gedanke an Ingrid ihm auf die Sprünge geholfen. Und so hat er seinen Entschluß gefaßt.«
Frug sagte: »Das weiß niemand. Das Leben ist voller Überraschungen.«
Rumi sagte: »Was sollen wir jetzt ohne ihn machen?«
Ich sagte: »Malek mußte sich entscheiden. Entweder zurück ins Grab oder zurück ins Leben. Wir warten noch ein wenig auf ihn. Wenn er kommt, ziehen wir gemeinsam weiter. Wenn nicht, gehen wir ohne ihn.« Ich erinnerte mich an unsere Träume in Durban, nachdem wir nachts Wein getrunken hatten. Soraya hatte von zwei schwarzen Händen geträumt und einer Reihe weißer Zähne. Von Zähnen, die im Dunkeln wie eine Perlenkette schimmerten. Was hatte Malek geträumt? Ein Schwarm Vögel hatte ihn verfolgt. Die Vögel hatten Kieselsteine geworfen. Und Malek war zu einem verlassenen Gebäude, einem Bauernhof geflüchtet. Jetzt wußte ich mit Gewißheit, daß er nicht mehr zurückkommen würde.

Wir blieben sitzen und hielten Ausschau nach Malek.
Doch Malek kam nicht.
Wir hinterließen einen Zettel auf einem der Ameisentürme:
»Wir gehen in Richtung Oudshoorn. Genieße das Leben!«
Dann machten wir uns zu dritt auf den langen Weg nach Oudshoorn.

⋈ Fünfzehn ⋈

*Oliven sind die Spezialität von Al-Quds, ich sah große Becken voll
glitzerndes Wasser in den Bergen, doch es war kein Wasser, es
war Olivenöl.*
Wer nicht zur Kaaba gehen kann, geht nach Al-Quds.
*Dort steht Al-Haram al-Scharif, die größte Moschee der Welt, auf
einem riesigen Felsen; drum herum befinden sich Hunderte Becken
voll Öl. Hunderte Sonnen spiegeln sich darin.*
*Wohl zwanzigtausend Pilger hatten sich eingefunden. Dutzende
Männer saßen an der heiligen Mauer und beschnitten kleine Jungen.
Hunderte weinende Jungen, die die Hand ihres Vaters festhielten,
standen Schlange. Etwas weiter warteten die Mütter mit Körben
voller Blumen lächelnd auf ihre kleinen weinenden Männer.*

1

Noch am selben Morgen verließen Dawud und seine Reisegefährten Potchefstroom. Frug, Rumi und ich wählten die gleiche lange, unbelebte Straße nach Oudshoorn und wir folgten
ihnen. Es fiel uns schwer, unsere Reise ohne Malek fortzuset-
zen. Vor allem Frug vermißte ihn sehr. Sie blickte sich andauernd um, ob er nicht vielleicht doch noch käme, aber er kam
nicht. Es dauerte eine ganze Weile, bis wir uns wieder auf die
Reise, auf den Weg und auf die Landschaft eingestellt hatten.

Unterwegs begegneten wir Frauen, die barfuß im Gänsemarsch am Straßenrand entlangwanderten. Etwas weiter trafen wir dreizehn Nelson Mandelas. Dreizehn alte Männer mit Spazierstöcken und dicken Brillen, die im Schatten der Bäume hintereinander hergingen. Sie ähnelten einander, und alle ähnelten sie Nelson Mandela.

»Salam alaikum!« riefen sie.

Sie waren alt und hatten bestimmt schon einmal Araber oder Perser gesehen.

Verwundert schauten sie uns an.

»Wie geht es Ihnen?« fragten wir den Mann, der voranging, auf Englisch.

»Gut«, sagte er.

»Wohin gehen Sie?« fragten wir.

»In die Stadt.«

»Was haben Sie vor in der Stadt?«

»Tropfen holen.«

»Was holen?«

»Tropfen holen. Arznei.«

»Was für Tropfen?«

Er setzte die Brille ab, zeigte auf seine Augen und sagte: »Tropfen für meine Augen!«

»Ach so. Gute Reise! Ich wünsche gute Reise, meine Herren!«

Sie zogen im Gänsemarsch weiter.

Wir freuten uns, denn wir hatten dreizehnmal Nelson Mandela die Hand gedrückt. Wir irrten uns nicht leicht. Wir waren uns sicher, daß es Mandelas Hände gewesen waren.

Wir winkten ihnen nach. Alle dreizehn hoben den Spazierstock und winkten zurück.

Dreizehn Spazierstöcke Nelson Mandelas.

Dann sahen wir kilometerlang Sonnenblumen. Wir hatten junge, fröhliche Sonnenblumen erwartet, die sich nach der Sonne drehten, aber sie waren alt und wandten die Köpfe dem schwarzen Boden zu. Sie hatten ihre Zeit gehabt. Ein Leben lang hatten sie der Sonne nachgeschaut und sich nach ihr gedreht. Sie hatten das herrliche Wetter genossen und dem Gesang der Vögel gelauscht. Ein Leben lang hatten sie die Ameisen zu ihren Füßen laufen sehen, die schwarzen Frauen hatten sie gesehen, die barfuß in die Stadt gingen, und die Nelson Mandelas. Dann waren sie alt und müde geworden. Sie hatten den Kopf auf die Brust gelegt und waren eingeschlafen. Tausende, Millionen Sonnenblumen waren im Stehen gestorben.

Wir kamen in ein Dorf. Wir machten einen Spaziergang durch die Straßen.

Ein Mann verkaufte Autos. Autos aus Holz und Kupferdraht. Er hielt uns eins hin.

»Do you like it?«

»Yes, I like it«, sagte ich.

»Do you want it?«

»No, thank you.«

Wir setzten uns an den Straßenrand und beobachteten die Leute:

– Eine schwarze Mutter hielt die Hand ihres Sohnes fest und ging mit ihm in einen Laden Schuhe kaufen.

– Ein Mann zog einen Karren hinter sich her; er nickte uns zu, wir nickten zurück.

– Drei magere Jungen rannten an uns vorbei, sie spielten mit abgenutzten Fahrradreifen.

– Fünf Mädchen mit Rotznasen und langem, ungekämmtem Haar stellten sich neben einen Laternenpfahl, als warteten sie auf jemanden.

– Ein alter Mann mit tiefen braunen Falten und rundem Rücken ging, auf einen Stock gestützt, zum Bäcker.

– Zwei Greise mit dicken Brillen, Hüten und sehr gepflegten alten Anzügen überquerten schweigend die Straße.

– Ein pensionierter Gendarm, der zwei verblaßte Medaillen auf der Brust trug, salutierte vor uns.

– Eine sehr dicke Frau stieg aus einem kleinen verrosteten Lieferwagen, dessen Reifen schlammverkrustet und dessen Scheiben und Türen auch ganz mit Schlamm verschmiert waren. Die Frau hatte einen bunten Schal um, sie trug Gummistiefel und einen lustigen Hut. Sie half ihrem mageren Mann aus dem Auto, nahm ihn am Arm und führte ihn mit erhobenem Haupt wie eine Königin in einen kleinen Laden mit gebrauchten Kleidern.

Wir folgten ihnen. Auf seinen Stock gestützt, stand der Mann am Fenster. Die Frau zog einen roten Schlips aus einem Haufen gebrauchter Kleidungsstücke. Ohne ihn anzusehen, schaute sie, ob der Schlips ihm stand. Weiter fand sie einen Pyjama für ihn und hielt ihn ihm vor. Der Mann schaute gleichgültig aus dem Fenster.

An der Kreuzung begegneten wir einem alten, gebeugten Mann, der etwas auf Afrikaans zu uns sagte, das wir nicht verstanden, und an uns vorüberging.

Wir grüßten eine lange Reihe Frauen, die Tomaten aus dem eigenen Garten verkauften.

»Tomaten?«

»Nein, vielen Dank.«

»Tomaten?«

»Nein, vielen Dank.«

»Tomaten?«

»Nein, vielen Dank.«

Wir kamen an einer langen Reihe Frauen vorbei, die Zwiebeln aus dem eigenen Garten verkauften. »Zwiebeln?«

»Nein, vielen Dank!«

»Zwiebeln?«

»Nein, vielen Dank!«

Wir kamen an einer langen Reihe Frauen vorbei, die Wassermelonen aus dem eigenen Garten verkauften.

»Eine Wassermelone?«

»Nein, vielen Dank!«

»Wassermelone?« fragte eine junge Frau.

»Ja, gerne!« sagte ich.

Wir gingen auf einen Friedhof, einfache Gräber ringsum. Ich legte die Wassermelone auf einen Grabstein im Schatten eines Baums. Wir setzten uns auf die niedrige Friedhofsmauer und schauten zu den Menschen hinüber, die zu Fuß aus den Bergen kamen.

Plötzlich tauchten zwei Reiter im Galopp auf, ein alter Mann und ein Knabe, beide auf einem Rappen ohne Sattel. Es war, als kämen sie aus einem Traum.

Wir hatten Durst, schnitten die Wassermelone auf. Reif war sie, rot und saftig!

2

Während wir unsere Wassermelone verzehrten, hielten wir Ausschau, wer sonst noch aus den Bergen käme.

Es erschien ein alter Mann mit einem durchlöcherten Hut, der sich auf einen Ast stützte.

»Sie haben einen Elefanten erschossen«, sagte er in gebrochenem Englisch und Afrikaans zu uns.

»Was?«

»Einen Elefanten!«

»Wo?«

»Dort«, sagte er.

»Einen Elefanten in den Bergen?« fragten wir.

»Ja«, sagte er, »der Elefant trabte auf einmal ins Dorf. Er zog die Bäume mit ihren Wurzeln aus der Erde. Alle meinten, er sei verrückt geworden, aber das war er nicht.«

»Wo?« fragten wir wieder.

»Auf dem Berg da, in dem Dorf«, rief er.

Wir konnten kein Dorf sehen. »Welches Dorf?«

Mit dem Stock zeigte er auf eine weiße Wolke, die einen Teil des Berges bedeckte.

»Dort«, sagte er, »unter dieser Wolke liegt ein Dorf. Und der Elefant schlug seinen großen Kopf gegen die Wände und brachte die Häuser zum Einstürzen. Die Leute flüchteten. Der Elefant verfolgte sie und schlug mit dem Kopf gegen dicke Baumstämme. Mit seinem Rüssel ergriff er eine alte Frau und schleuderte sie auf ein Dach. Die Gendarmen kamen, wollten ihn erschießen, doch ich stellte mich ihnen entgegen, rief, der Elefant sei nicht verrückt geworden, er habe Zahnschmerzen, aber niemand hörte auf mich. Sie schossen ihn tot. Dort, unter den Wolken«, sagte er und eilte weiter.

Nach vielen Kilometern trafen wir wieder auf die kleinen, einfachen Hütten, in denen arme Schwarze wohnten. Wohin man auch kam, überall sah man diese ärmlichen Hütten. Doch diese hier waren neu, sahen sauber und stabil aus. Das waren anscheinend die neuen schwarzen Viertel.

Wir sahen den Leuten zu:

– Drei kleine Jungen ritten auf dem Rücken großer Schafe, die Schafe rannten an den Bäumen entlang.

– Eine Gruppe alter Männer saß an eine Mauer gelehnt. Die Mauer war mit Dutzenden, Hunderten kleiner Spiegelscherben bespickt, und die Sonne spielte mit den Spiegeln. So strahlten Hunderte kleiner Sonnen auf der Mauer.

– Zwei Esel trabten geruhsam an der Mauer vorbei. Auf dem Rücken des einen saß eine verschleierte Frau und auf dem des anderen ein Vogel.

– Ein Bock mit einem einzigen Horn, eine Schar seltsamer Vögel, die wie Enten liefen, aber keine Enten waren.

– Auf dem Dach einer Hütte lag eine Ziege im Schatten eines hohen Baums.

– Ein Schimmel ohne Schweif galoppierte über ein Feld.

– Ein Hahn, dessen Schnabel mit Kupfer oder sonst einem goldfarbenen Metall verziert war, krähte plötzlich.

»Seht ihr, was ich sehe?« fragte ich Rumi und Frug.

»Was?« sagten sie.

Offenbar sahen sie die Spiegel, den Hahn, den Schimmel, den einhornigen Bock, die Frau und den Esel nicht. Vielleicht muß man erst gestorben sein, um die Wunder des Lebens sehen zu können.

3

Müde! Wir waren müde, suchten eine Stelle, um uns kurz auszuruhen. Wir kamen zu den Hügeln, von denen aus wir den alten Deich sehen konnten. Wir setzten uns auf die Steine.

Wir vermißten Malek. Und Soraya.

Jetzt, da Soraya fortgegangen und Malek auf dem Bauernhof geblieben war, kam uns der Gedanke, daß die Reise vielleicht noch mehr mit uns vorhatte. Und das beschäftigte uns.

Es sah danach aus, als würde das Schicksal wieder alles bestimmen, genau wie das vorige Mal in unserem normalen Leben. Aber diesmal fürchteten wir uns nicht vor dem Schicksal, dem Verhängnis. Das Allerschlimmste hatten wir schließlich schon hinter uns.

Rumi und Frug sahen mich an. Ich sah, daß sie unruhig waren. Sie sagten nichts, und wir sprachen nicht darüber.

Rumi wollte nicht bleiben, das wußten wir. Frug mußte auch gehen.

Ich blieb als letzter übrig. Sie sahen mich an, als sei ich jetzt an der Reihe. Sie wollten nicht schlafen, hatten Angst, ich würde fortgehen, während sie schliefen, ich würde eine leere Stelle zurücklassen.

»Wenn ich gehen muß, sage ich es euch. Ich gehe nicht, ohne Abschied zu nehmen«, sagte ich deutlich.

»Versprichst du das?«

»Ich verspreche es.«

Wir legten den Kopf auf die Steine, sahen im Dunkeln zum Deich und dachten nach.

Wir schliefen ein.

◈ Sechzehn ◈

*In Karbala kam ich mit einem betagten Araber ins Gespräch. Er
saß im Schatten einer Mauer. Ich setzte mich neben ihn. Er fragte,
was ich mache und woher ich komme. Ich erzählte ihm, daß ich
auf Reisen sei, daß ich einmal im Dienst des Königs gestanden
habe, daß ich den Schreibstift von einer Nacht auf die andere weg-
gelegt, meine Schuhe geschnürt habe und aufgebrochen sei.*
*Er erzählte folgendes: »Einmal hatte ich mich in der Wüste verirrt
und ich kam fast um vor Hunger. Ich fand einen Beutel. Waren
geröstete Weizenkörner darin? Nein, es waren nur Juwelen!«*

1

Unterwegs nach Oudshoorn saß Chris die ganze Zeit still
neben mir, sagte Dawud. Eigentlich waren wir beide die ganze
Strecke über still. Wir betrachteten die wunderliche Landschaft. Unser Kameramann wußte nicht, wo anfangen. Bei
den Bergen? Den Tälern? Den Sonnenblumen? Den Amei-
sentürmen? Den Straußenherden, die überall in den Wiesen
zu sehen waren? Der Sonne? Der Nacht? Den Jungen, die am
Straßenrand Kürbisse verkauften? Den Frauen, die einen Korb
Gemüse auf dem Kopf trugen? Den ärmlichen Hütten? Den
Vögeln? Eigentlich waren alle verzaubert von der vielfältigen
Schönheit der Natur.

Und diesmal war jemand in unserer Gesellschaft, der für Gemütlichkeit sorgte, die Frau unseres Reiseleiters. Sie fuhr mit, damit er auf der langen Rückfahrt nicht allein war.

Sie hatte Kaffee, Tee, Gebäck und Obst mitgebracht, und so ergab sich der Kontakt mit ihr wie von selbst.

Nach einer Fahrt von dreihundert Kilometern hielten wir bei einer Tankstelle in einem Dorf an. Sofort tauchten mehrere Jungen auf, der eine begann, die Scheiben zu waschen, ein anderer nahm die Schlüssel und tankte für uns, wieder ein anderer maß den Druck der Reifen und wieder ein anderer brachte die Rechnung, hielt sie dem Reiseleiter hin und sagte: »Sir!«

Der Reiseleiter gab ihm einen Geldschein, ohne ihn anzuschauen. Der Junge rannte hinein und kam mit dem Wechselgeld zurück. Ein Geldstück durfte er behalten.

Dieser Reiseleiter war ein richtiger Sir. Es war mir bisher nicht aufgefallen. Jetzt aber lief er wie ein alter Hahn mit gerecktem Hals an den Zapfsäulen entlang.

Die Apartheid war zwar abgeschafft, aber wie lange würde es noch dauern, bis die Apartheidskultur verschwunden war?

Das Dorf, in dem wir haltmachten, bestand aus zwei Straßen mit ein paar halbleeren Geschäften, und die Bewohner waren alle schwarz. Etwas weiter sahen wir ein kleines Haus unter Bäumen. Davor standen saubere Stühle und Tische mit Blumen.

Auf einem Schild, das an einem Baum hing, stand auf Afrikaans: »Sie können sich hier ein wenig ausruhen. Auch eine Kleinigkeit essen, wenn Sie wollen.«

Eine junge Weiße hieß uns willkommen: »Was kann ich Ihnen bringen? Tee, Kaffee, Saft? Möchten Sie etwas essen?«

»Eine Kleinigkeit«, sagte der Reiseleiter.

In einer Kochecke stand eine junge Schwarze: »Guten Tag, Mevrouw!«

Der Rasen im Garten war frisch gemäht, die Blumen waren gut gepflegt, ganz ohne gelbe Blätter und verwelkte Blüten. Ich legte mich ins Gras und schaute in die Luft. Der Himmel war blau, strahlend blau, und die Sonne schien heiß. Neben mir leckte ein Wasserhahn: »Tick. Tick. Tick. Tick.« Ich schloß die Augen, wäre am liebsten wie die Sonnenblumen nie mehr aufgewacht. Für immer dort liegen geblieben.

»Sir« hörte ich die schwarze Frau aus der Küche rufen.

Ich öffnete die Augen. Keine Frau zu sehen. Ich war kurz eingeschlafen. Sie hatte mich gerufen, damit ich nicht wie die Sonnenblumen sterben müßte.

Ich stand auf und ging zu den andern.

Die schwarze Frau deckte den Tisch.

»Darf ich Sie etwas fragen?« sagte ich zu ihr.

Sie sah mich still an.

»Wohnen Sie hier im Dorf?«

Sie sah ihre Chefin an und sagte dann: »Ja.«

»Kennen Sie die Menschen im Dorf? Ich meine, haben Sie guten Kontakt zu ihnen?«

Wieder sah sie zu ihrer Chefin hin und sagte: »Ja.«

»Können Sie mir ein paar Namen von Menschen nennen, die in diesem Dorf wohnen oder gewohnt haben?«

Erstaunt sah sie die anderen an.

»Mach dir keine Sorgen«, sagten die Dichterinnen, »nenn ihm ein paar Namen. Er schreibt alles auf.«

»Einfach ein paar Namen«, sagte ich, »ich möchte diese Namen mitnehmen. Zum Beispiel die Namen von Leuten, die zu Fuß aus den Bergen kommen. Oder die Namen von Frauen, die auf dem Markt Tomaten verkaufen. Oder die Namen von Jungen, die an der Tankstelle arbeiten.«

Alle sahen sie an. Die weiße Frau gab ihr ein Zeichen, daß sie ruhig ein paar Namen nennen könne. Sie richtete sich auf und sagte feierlich folgende Namen auf:

»Thabo. Jakob. Bonnie. Fanus.
Pert und Chirsta aus Roodefort
Douglas
Adelle
Betaie aus Dinban
Hani und Linda
Dnie aus Pretoria
Zouis
Adam
Wium
Bertus und Christine aus Barrydale
Albie
Darah aus Kimberly
Biko aus Kemtou
Ermi
Dingaan aus Tobery
Marali, Sissi, Dle, Chantel und Antjie
Mamasela
Thabao
Mogojo Madikizela
Mkhize aus Greyhound
Zeph
Almond
Mapule Khampepe
Desmond
Gelenda Wynand
Asmal ist der Name meines Vaters
Und ich heiße Sisulu!«

Als Sisulu uns die Teller mit dem Essen vorsetzte, fiel allen auf, daß mein Teller anders aussah als die anderen, sie hatte ihn mit Gewürzblättern verziert.

»Sieh einer an!« sagten die Dichterinnen.

Als wir gehen wollten, bat uns die Besitzerin um eine Gruppenaufnahme für ihr Gästealbum. Wir stellten uns auf, in der Mitte unsere Gastgeberin. Wer sollte das Foto machen? Der Kameramann. Sisulu stand hinter uns in der Küchentür.

Wir fuhren weiter. Nach mehreren hundert Kilometern fiel plötzlich die Dunkelheit wie ein schwarzer Schleier auf uns herab. Ohne Dämmerung, ohne Warnung. Alles wurde schwarz.

Die Berge wurden hohe dunkle Silhouetten, die Jungen, die gerade noch große rote Kürbisse am Straßenrand verkauft hatten, wurden mit ihren Kürbissen von der Nacht verschluckt.

All die Vögel, die gerade noch in der Ferne im blauen Nebel geflogen waren, gab es nicht mehr.

Wir sahen nur noch ein Stückchen Straße im Licht der Scheinwerfer. Wir fuhren noch hundert Kilometer und hielten dann vor einem Gasthaus, in dem wir übernachten wollten.

2

Nach und nach kam ich zu einer merkwürdigen Entdeckung, fuhr Dawud in seiner Geschichte fort.

Wohin wir auch kamen, überall gaben die Angestellten mir den Titel ›Sir‹. Ich hörte mich so oft ›Sir‹ nennen, daß ich mich irgendwann auch wirklich wie einer fühlte.

Das Gasthaus war einfach, doch es lag schön auf einem Hügel, mit Blick auf den ältesten Deich des Landes.

Als ich auf mein Zimmer ging, eilte eine Angestellte mir nach und nahm mir den Koffer ab, als beginge ich eine Sünde, wenn ich selbst meinen Koffer in mein Zimmer trüge. Plötzlich ertappte ich mich bei dem Gedanken: Sollen sie doch meinen Koffer tragen, wenn sie es bei allen machen. Ich bin ein Herr.

Die Situation zwang mich, ein Sir zu sein.

Die Angestellte stellte den Koffer neben das Bett und fragte: »Brauchen Sie noch etwas, Sir?«

Wie ein Herr bedeutete ich ihr, sie könne gehen.

»Yes, I am a sir«, sagte ich im Spiegel zu mir selbst.

Ich wurde von diesem Gefühl überrascht. Erst als ich, auf dem Bett liegend, darüber nachdachte, entdeckte ich, daß es mir nicht ganz fremd war.

In der Zeit des Feudalismus war mein Großvater reich gewesen, er hatte die gleiche Position gehabt wie die weißen Großbauern hier. Alle Dorfbewohner arbeiteten für ihn. Er war der Herr, und der Rest, das waren seine Untertanen. Später wurden ihm all diese Dörfer abgenommen. Er zog in die Stadt um, wurde ein normaler Stadtmensch und schritt doch erhobenen Hauptes durch die Einkaufsstraße. Und dieses Gefühl hatte er auch uns, mir eingepflanzt. Offenbar hatte ich es mit Erfolg verdrängt.

Er prägte uns ein, daß wir anders seien als normale Städter. Daß wir adliger Abstammung seien. Ich kann mich noch gut erinnern, wie ich ihn als kleiner Junge in seine ehemaligen Dörfer begleitete. Alle küßten ihm die Hand und verbeugten sich. Er starb, als ich noch klein war, und ich hatte dieses Gefühl, adlig zu sein, vergessen, bis es sich hier wieder Geltung verschaffte.

Ich ruhte mich etwas aus, nahm eine Dusche und ging ins Restaurant des Gasthauses, wo die anderen auf mich warteten. Das Restaurant war altmodisch, aber schön, alles erinnerte an die Zeit, da die echten Herren und Sirs hier gespeist hatten. Wir waren die einzigen Gäste. Die Bedienung eilte geschäftig hin und her, der Tisch war geschmackvoll gedeckt.

Die schwarze Kellnerin zog sich jedesmal bevor sie an unseren Tisch kam, weiße Handschuhe an. Und zog sie wieder aus, wenn sie ging.

Die Köchin hatte ein ungemein schmackhaftes, originelles Gericht für uns zubereitet. Alles roch natürlich. Das Brot roch nach Brot.

Alles, was die Bedienung uns hinstellte, waren nicht einfach Gerichte, es waren Wunder der Kochkunst. Diese Leute wollten uns, nein, mich zwingen, sie nie mehr zu vergessen.

Und ich werde sie nie mehr vergessen. Denn ich weiß etwas über sie.

Sie hießen Muher (41), Antje (27), Sara (35), Mari (21), Sabra (55) und Elsa (19). Sie hatten alle zusammen einundzwanzig Kinder. Muhers Mann war tot. Sara hatte selbst kein Kind, doch ihre Schwägerin hatte ihr eins ihrer Töchterchen geschenkt. Und Sabra war gerade Großmutter geworden, eines Jungen, der Uyse heißt. Oder Uys. Oder Oose.

3

Nach dem Essen ging ich nach draußen, ich hatte das Bedürfnis spazierenzugehen.

Es war dunkel, weit und breit war kein Haus zu sehen. Ich erstieg einen Hügel und ging an der größten Elektrizitätszentrale Südafrikas vorbei den Hang wieder hinunter. Der See hinter dem Deich erstreckte sich bis zum Fuß der Berge; man konnte die Nachttiere hören.

Ich sah Lichter in der Ferne, vielleicht daß dort ein Dorf lag. Es begann zu regnen, ich wanderte im Dunkeln auf unbekannten Wegen.

Nach einer halben Stunde kam ich zu den Lichtern. Es waren nur einige Häuser. Hunde fingen laut an zu bellen und rannten auf mich zu.

Ich machte sofort kehrt, aber ich hatte keine Lust, schon zurückzugehen.

Ich hatte das Bedürfnis, draußen zu sein, spazierenzugehen, der Nacht zu lauschen.

Aber schließlich mußte ich zurück.

Im Gasthaus merkte ich, daß alle sich Sorgen um mich gemacht hatten.

Als sie mich bis auf die Haut durchnäßt in der Tür stehen sahen, wußten sie sofort, daß es mir nicht gut ging.

Chris nahm mich beim Arm: »Ist etwas?«

»Nein, alles ist okay.«

»Du siehst so traurig aus. Du sprichst die ganze Zeit kein Wort, sitzt die ganze Reise über still im Auto. Sag mir, was los ist.«

»Weißt du, Chris, die Freiheit, die ich jetzt genieße, verdiene ich nicht. Ich habe kein Recht auf diese Reise. Die Liebe, die Afrika mir geschenkt hat, habe ich nicht verdient. All das Schöne, das ich erlebt habe, steht mir nicht zu. Auf dem Weg, für den ich mich im Leben entschied, habe ich einige meiner Freunde und Nächsten verloren. Sie waren jünger als ich und bewunderten mich. Sie folgten dem Weg, den ich gegangen war. Sie wurden verhaftet. Ich nicht, ich konnte fliehen. Drei von ihnen wurden getötet und zwei mußten lange Gefängnisstrafen absitzen. Ich fühle mich schuldig, und dieses Schuldgefühl läßt mich nicht los. Ich denke immer an sie. Hier in

Südafrika begleiten diese fünf Freunde mich auf Schritt und Tritt. Was ich auch trinke, sie trinken mit mir. Sie sind dabei, sie reisen mit. Manchmal habe ich keine Kontrolle mehr über sie. Sie gehen auf eigene Faust los. Sie besichtigen Orte, die ich selbst nicht besuchen kann. Einerseits bin ich traurig, andererseits bin ich so froh über ihre Anwesenheit. Dadurch hat die Reise ein besonderes Gewicht bekommen. Sie sind überall anwesend, Chris, überall. Ich höre ihre Schritte hinter mir!«

4

Am nächsten Tag setzte ich mich im Bus neben die Frau unseres Reiseleiters, eine sehr unterhaltsame Person mit viel Lebenserfahrung. Sie unterhielt sich sehr lebhaft und fröhlich mit allen, erzählte von ihren Kindern und von den beiden Jüngsten, die sie dieses Jahr bekommen hatte. Sie war gläubig, ging in die Kirche und betätigte sich karitativ. Sie lachte viel und genoß das Leben. Ich konnte mir nicht vorstellen, daß sie jemals die Apartheid bejaht hatte.

»Wie ging es zu bei Ihnen zu Hause? Hatten Sie auch eine schwarze Putzfrau?«

»Ja, eine Familie arbeitete für uns. Wir haben wirklich ein Herz für Schwarze. Sie müssen einmal zu uns kommen, dann sehen Sie es mit eigenen Augen. Mein Mann unterstützt diese Familie in jeder Hinsicht, bei der Hochzeit der Kinder, bei der Beerdigung der Eltern.«

Es war das erste Mal, daß jemand so offenherzig mit mir über dieses Thema sprach. Ich wollte ihr noch mehr Fragen stellen, aber der Reiseleiter hielt oberhalb eines Tals an und sagte: »Diese göttliche Aussicht müssen wir bewundern!«

Wir stiegen alle aus und blickten ins Tal.

Der Reiseleiter stellte sich in den Schatten eines Baums und trank seinen Tee.

Ich stellte mich neben ihn und fragte ihn: »Haben Sie Respekt vor Nelson Mandela?«

Ich dachte, er würde in Verwirrung geraten, doch er blickte weiter ins Tal und sagte: »Ich habe Respekt vor ihm. Großen Respekt.«

»Und Ihre Freunde?«

»Viele Weiße schätzen das, was er getan hat. Der Mensch Nelson Mandela war imstande, ein Blutbad zu verhindern. Ich glaube, daß alle sich dessen bewußt sind. Wir haben eine dunkle Periode der Angst hinter uns. Alles war unsicher. Gott sei Dank ist der Alptraum nicht Wirklichkeit geworden. Wir haben Südafrika mit unseren Händen gemacht. Es ist unser Land. Dieses Tal hat Gott uns geschenkt. Auf der Erde gibt es keinen anderen Ort für uns. Hier haben wir unsere Häuser gebaut. Darum durfte in meinem Haus kein Blut vergossen werden. Wir sind sehr zufrieden mit den Entwicklungen. Ich schlafe ruhig.«

»Wissen Sie, wo das Problem liegt?« mischte sich seine Frau ein. »Die Schwarzen können es nicht, sie sind noch lange nicht imstande, in diesem Land das Heft in die Hand zu nehmen. Sie können nicht alles von den Weißen übernehmen und es weiterführen.«

Die Worte paßten nicht zu ihrer Haltung. Man bekam den Eindruck, als würde sie die Meinung ihres Mannes wiedergeben: »Man hat die großen Farmen den reichen Weißen abgenommen und Schwarzen geschenkt. Das Resultat war eine Katastrophe. Sie haben alle Kühe geschlachtet und aufgegessen. Sie vernachlässigten das Vieh, stahlen Maschinen, Räder und Reifen und verkauften alles auf dem Schwarzmarkt. Diese Farmen sind völlig heruntergewirtschaftet.«

»Das darfst du so nicht sagen«, sagte ihr Mann. Doch sie

fuhr fort: »Diese Leute sind nicht gewöhnt zu arbeiten, sie sind noch nicht in der Lage, richtig nachzudenken, und planen können sie auch nicht. Zukunft, so was gibt es für sie nicht. Es liegt nicht in ihrer Art, sie leben im Heute; Morgen kennen sie nicht. Ich habe schon über dreißig Jahre Schwarze im Haus. Ich kenne sie besser, als sie sich selbst kennen. Ich habe sie aus nächster Nähe miterlebt, ihre Kinder sind in meinem Haus groß geworden, und ihre Enkel sehe ich jetzt regelmäßig. Es geht nicht, es ist viel zu früh, das Los Südafrikas in ihre Hände zu legen. Sie brauchen den Verstand, die Erfahrung und die Führung der Weißen. Ohne Weiße werden sie dieses herrliche Land zugrunde richten. Und das fände ich furchtbar. Aber es hätte schlimmer kommen können.«

»Das stimmt. Es hätte nicht viel gefehlt und sie hätten uns alle umgebracht. Aber es passieren ja schon genug schreckliche Dinge, weiße Farmer wurden getötet. Wir hören es oft, und es steht in den Zeitungen.«

»Ja, so ist es. Es hätte noch viel schlimmer kommen können, aber das wollte Gott nicht. Wenn ich ehrlich bin, muß ich zugeben, daß wir keine Angst mehr haben. Wir sind dankbar. Manchmal werden Weiße umgebracht, aber ich glaube, das sind reiche Farmer, die die Wirklichkeit nicht wahrhaben wollen. Es sind die, die nie Kontakt mit Schwarzen hatten und immer noch keinen haben wollen. Wenn man in diesem Land keine Beziehung zu Schwarzen hat, ist man seines Lebens nicht sicher. Wenn man keine schwarzen Freunde hat, ist man verwundbar. Man muß Schwarze um sich haben, um Bescheid zu wissen, was los ist. Wenn man sie sich vom Leib hält, liefert man sich ihnen aus, und dann haben Verbrecher ein leichtes Spiel. Wie ich schon sagte, bei uns lebt eine schwarze Familie, die schon seit über dreißig Jahren für uns arbeitet, durch sie haben wir eine starke Beziehung zu unserer Umgebung. Durch sie haben wir die Wirklichkeit nie aus den

Augen verloren, wir waren immer im Bilde über die Spannungen um uns herum. Unser Haus war ihr Haus, und ihr Haus war eigentlich ein Teil unseres Hauses, denn alles, was diese Frau besaß, hatte sie von uns. Sie war jung, als sie zu uns kam, genauso jung wie meine eigene Frau.«

»Ich habe ihr das Kochen beigebracht«, sagte die Frau, »Nähen, Tischdecken, Waschen, etwas Lesen. Ich habe mit ihr geredet, sie erzählte mir von ihren Problemen, ich war immer für sie da. Als sie schwanger war, stand ich ihr bei. Mein Mann war immer über alles informiert, was sie betraf. Wir wollten alles genau wissen, es war wichtig für uns, sie gehörten zu uns. Auch ihr Mann, er ist bei uns alt geworden. Er war für uns eine große Stütze in den schwierigen Jahren, als wir in Angst lebten.«

»Sie wußten, daß wir nie etwas Falsches getan hatten«, sagte der Mann. »Daher beschützten sie uns. Sie haben uns nie im Stich gelassen. Vor kurzem habe ich meinen Sohn in Johannesburg gebeten, ihrer jüngsten Tochter eine Stelle als Sekretärin zu verschaffen. Sie kann gut tippen und wollte gern einen netten Job. Ihr Vater kam zu mir und bat mich, etwas für sie zu tun. Und natürlich tue ich das. So gehört es sich.«

Wir stiegen wieder ins Auto und fuhren das letzte Stück nach Oudshoorn.

⬥ **Siebzehn** ⬥

Auf dem Basar von Arbil stand ein Mann an einem Lesepult und
las einer großen Zuhörerschaft ein Gedicht vor:

> *Die Sonne mit Lehm bedecken kann ich nicht,*
> *die Rätsel des Schicksals erklären kann ich nicht.*
> *Aus dem Urgrund meines Sinnens tauchte*
> *eine Perle auf, doch sie durchbohren kann ich nicht.*

Den Mann, der das Gedicht vorlas, kannte ich nicht, dafür aber
sehr wohl die Gedichte, die er vorlas. Sie stammten von Omar
Chajjam, dem größten Dichter aller Zeiten.
»Wer ist der Mann, der die Gedichte vorträgt?« fragte ich einen
alten Mann neben mir.
»Omar Chajjam! Kennst du ihn nicht?!« sagte er.
Ich traute meinen Augen nicht. Die Reise hatte mir wieder ein
Juwel geschenkt.

1

Ich weiß nicht, warum, aber ich mußte sofort an Sophia denken, sagte Dawud.

Als ich auf die Karte schaute, sah ich, daß wir einen Umweg
von vielen hundert Kilometern gemacht hatten und uns in

der Gegend befanden, wo Sophia aufgewachsen war. Sie hatte es mir einmal auf der Landkarte gezeigt.

Ich fühlte, daß ich ihr in Oudshoorn begegnen würde. Vielleicht irrte ich mich, doch ich vertraute meinem Gefühl.

In dem Städtchen wurde gefeiert, und es war viel Betrieb. Eine Woche lang fanden Musik- und Literaturveranstaltungen statt. Dieses Jahr stand Afrikaans im Mittelpunkt. Junge Schriftsteller und Dichter lasen ihre Texte vor, Konzerte wurden gegeben, Theaterstücke aufgeführt. Nach einer Stille von tausend Kilometern umgab uns eine ungewöhnliche Betriebsamkeit. Überall Weiße mit ihren Kindern, überall Zelte, Luftballons und Musik.

Da meldete sich unser erster Begleiter wieder, der Professor, der uns bis Kapstadt betreut hatte. Er würde sich wieder um uns kümmern.

Und ich wußte, daß, wo er war, Sophia auch sein würde.

Er hatte an verschiedenen Adressen Übernachtungsplätze für uns arrangiert. Jeder von uns wohnte bei einer anderen Familie.

Aber erst hatten wir eine Lesung in einem Zelt.

Ich stellte mich an eine Straßenecke und betrachtete die Leute. Ich dachte, Sophia müsse jeden Augenblick kommen. Es war gegen sieben Uhr, um halb acht mußte ich ins Zelt.

Ich schlenderte an den Zelten entlang und schaute hinein, ging auch zu dem großen Zelt, in dem Musik gemacht wurde. Ich ging in die Bibliothek. Da gingen alle hin. In mehreren Räumen wurden Lesungen gehalten. Eine Tür stand einen Spaltbreit offen. Ich schaute hinein. Die Frau trug ein grünes Kleid und stand an einem Pult. Es war Sophia, die ein neues Liebesgedicht vorlas:

Somer

laat jou hande
oopgaan oor my

die jong knoppe le uitgebloei
sag aan die vingers van die mond
en ...

Sommer

laß deine Hände
über mir aufgehen

die junge Knospe liegt verwelkt
weich an den Fingern des Mundes
und ...

Den Rest hörte ich nicht mehr, jemand schloß die Tür.

Ob sie mich gesehen hatte? Ob sie gemerkt hatte, daß ich da stand?

Ich prägte mir ihr halbes Gedicht ein. Ich verstand es, und ich verstand es nicht. Jetzt mußte ich schnell in das Zelt.

Ich war etwas zu spät, aber es war kein Publikum da. Der Mann, der die Regie hatte, sagte, wir sollten einfach anfangen. Dann würden die Leute schon von selber kommen.

Ich mache es nicht, dachte ich. Nein, ich lese nicht für mich allein.

Die Dichterinnen kletterten auf das Podium und trugen niemandem ihre neun Gedichte vor. Auch ihre beiden neuen Gedichte.

Jetzt war ich an der Reihe. Ich mußte etwas tun. Das war der Sinn der Reise. Doch ich wollte auf keinen Fall vor einem leeren Saal sprechen.

Ich beschloß, mich in den Eingang zu stellen und wie ein traditioneller persischer Erzähler eine Geschichte zu erzählen. Es paßte in unsere Tradition. Jemand stellt sich am Anfang des Basars auf einen Hocker und beginnt einfach, auch ohne Publikum. Und allmählich sammeln sich die Leute um ihn.

Was sollte ich nun erzählen, damit sich die Südafrikaner um mich versammeln würden?

Ein Teil eines Gedichts der südafrikanischen Dichterin Ingrid Fanus fiel mir ein. Ich begann, es auf meine eigene Art vorzutragen:

Ich wiederhole dich
Ich wiederhole dich
Ich wiederhole dich
Ohne Anfang ohne Ende
Wiederhole ich deinen Körper
Der Tag hat schmale Schatten
Und die Nacht gelbe Kreuze
Die Landschaft ist unscheinbar
Und die Menschheit eine Reihe Kerzen
Während ich dich wiederhole
Mit meinen Brüsten
Die die Mulde deiner Hände nachahmen
Ich wiederhole dich
Ich wiederhole dich
Ich wiederhole dich

Einige Passanten blieben stehen.

Jetzt mußte ich weitermachen. Aber dies war das einzige südafrikanische Gedicht, das ich auswendig konnte. Plötzlich fiel mir ein Gedicht von Chris' Frau ein. Eins ihrer schönsten, ich hatte es so oft gehört, daß ich es aus dem Gedächtnis hersagen konnte:

> *Weil Bewegung besser ist*
> *als Stillstand, haben sie*
> *nicht auf den Bus gewartet,*
> *sondern gehen einstweilen beharrlich*
> *In die Aussicht hinein, mit großen Augen*
> *sehen ihnen die Tiere nach*
> *Sie nahmen Abschied*
> *weint nicht, sagten sie,*
> *weil Worte besser sind*
> *als Schweigen*

Und dann noch einige vereinzelte Strophen der anderen Dichterin, die ich nach eigenem Ermessen aneinander reihte:

> *Wieg nicht zu schwer*
> *Wühl sanft in mir*
> *wenn ich morgen bei dir liege,*
> *drück dann deine warme Wange an mich*

In Stellenbosch hatte ich einen Dichter getroffen, Wium van Zyl. Er hatte mir in einer Kneipe ein paar Gedichte von sich vorgelesen. Es war mir nicht bewußt, daß ich mir eines eingeprägt hatte:

> *Für dich*

> *Für dich pflücke ich einen Strauß Abendblumen*
> *In Tälern von Traurigkeit*
> *Erinnere dich, auf dem alten Berghof schreit noch*
> *Abends der Einbeinkiebitz.*

Immer mehr Leute blieben stehen.

Ich sah Sophia.

2

Spätabends brachte unser Reiseleiter uns zu unseren Nacht-
quartieren. Er überquerte eine große Brücke, bog in eine dunkle Gasse ein und hielt vor einem Haus, vor dem ein Mercedes
stand.

»Du übernachtest hier!« sagte er zu mir.

Ich hätte gern bei einer schwarzen Familie übernachtet,
doch als ich den Mercedes sah, wußte ich, daß ich bei einer
weißen gelandet war. Aber die Nacht war voller Überraschungen.

Ich klingelte, hörte nichts. Drinnen brannte kein Licht.

Ich klingelte nochmals, jetzt hörte ich jemanden. Die Tür
ging auf, ein etwa zehnjähriges schwarzes Mädchen stand vor
mir.

»Hello! Is someone home?«

Sie lächelte und sagte, ich solle hereinkommen. Sie war
adrett gekleidet und trug ein rotes Haarband.

»Is no one at home?«

»Nobody is at home«, sagte sie.

Es war ein einfaches, aber gemütliches Haus.

»Möchten Sie Kaffee oder Tee?« fragte sie auf Englisch.

»Nichts, vielen Dank, ich warte noch einen Moment, bis
deine Eltern kommen.«

»Es sind nicht meine Eltern, sondern meine Großeltern.«

»Wenn ich es richtig verstanden habe, ist dies das Haus deiner Großeltern.«

»Nein, es ist auch mein Haus. Wir wohnen zusammen.«

»Jetzt verstehe ich es besser. Dein Opa und deine Oma wohnen bei euch, oder wohnt ihr bei Opa und Oma? Ich meine, ihr wohnt zusammen. Sage ich es richtig?«

»Nein, ich wohne bei Opa und Oma. Ich habe keine mum und dad.«

»O entschuldige. Entschuldige! Vielleicht stelle ich zu viele Fragen. Aber wenn du mir deinen Namen sagst, stelle ich keine Fragen mehr.«

»Dolanthe!«

»Schön!«

Ich setzte mich aufs Sofa und schwieg. Sie setzte sich mir gegenüber.

»Du bist also Dolanthe. Was bedeutet Dolanthe?«

»Dolanthe war der Name meiner Mutter. Jetzt bin ich Dolanthe.«

Wieder schwieg ich.

»Wenn Sie möchten, kann ich Ihnen Ihr Zimmer zeigen. Dann können Sie Ihren Koffer abstellen, wenn Sie möchten. Meine Oma kommt gleich.«

Sie brachte mich in ein einfaches Zimmer, in dem ein Bett, eine Kanne Wasser und ein kleines Radio standen.

An den Wänden des Gangs und des Wohnzimmers hingen Porträts einer jungen Frau.

»Meine Mutter!« sagte Dolanthe.

»Tatsächlich? All diese Fotos? Alle von deiner Mutter?«

Der Zufall hatte mich in eine Familie geführt, in der die hochschwangere Tochter bei einem Unfall ums Leben gekommen war. Die junge Mutter war gestorben, das Baby war gerettet worden: Dolanthe!

Ich betrachtete Dolanthe, eine kaum sichtbare Narbe ver-

lief von ihrem Kinn zu ihrem linken Ohr und verschwand in
ihrem schwarzen Haar.

Ein Schlüssel drehte sich im Schloß, ein etwa fünfundfünfzig-
jähriger schwarzer Mann kam herein. Um seinen Hals hing
eine Kamera.

»Mein Opa«, sagte das Mädchen, »er macht Fotos.«

Verlegen gab der Mann mir die Hand und stellte sich vor:
Fanus.

Wieder ging die Tür auf, eine lebendige, fröhliche schwarze
Frau kam herein.

»Oma!«

»Willkommen, willkommen, willkommen!« sagte sie auf
Englisch. »Es freut mich, daß Sie bei uns übernachten. Sie
arbeiten bei der Zeitung, ich weiß es. Dies ist das erste Mal,
daß ich einen Schriftsteller im Haus habe. Ich lese gern. Früher habe ich unterrichtet und mein Mann auch. Jetzt sind wir
beide pensioniert. Da habe ich ein Hotel angefangen, ach was,
kein Hotel, Bed and Breakfast.«

Ohne mich zu fragen, bereitete sie mir schnell etwas zu
essen.

»Sie sind müde, ich sehe es Ihnen an, setzen Sie sich, ruhen
Sie sich aus. Nehmen Sie einen Bissen zu sich. Fühlen Sie sich
wie zu Hause.«

Ich aß ein paar Happen und trank ein Glas Tee.

Meine Gastgeberin setzte sich mir gegenüber. »Ich wollte schon immer ein Hotel haben, ein kleines. Während der
Apartheid war das unmöglich, aber jetzt geht es. Sie sind
eigentlich mein erster Kunde. Ich bin so glücklich darüber,
daß mein erster Gast ein Schriftsteller ist.«

Sie erzählte von ihrem Sohn, der sein Studium gerade been-
det hatte und der ihr manchmal bei der Erledigung des Papier-
krams helfen würde.

Ich fühlte mich wohl, wäre gern noch etwas sitzen geblieben, doch es war spät. Ich ging in mein Zimmer.

Wenige Minuten später klopfte die Frau an die Tür und reichte mir einen Kugelschreiber und einen Stapel Papier: »Sehen Sie? Ich bin eine echte Anfängerin. Sie sind Schriftsteller. Ich hätte Ihnen Papier und Schreibzeug auf den Tisch legen sollen.«

Schlafen konnte ich nicht, es war so viel passiert an diesem Tag, und wir waren neun Stunden unterwegs gewesen.

Ich wäre gern aus dem Haus gegangen, um Sophia zu besuchen, doch ich wußte nicht, wo sie übernachtete.

Ich konnte nicht schlafen. Ich mußte hinaus.

Das Haus war still, sehr still, leise ging ich ins Wohnzimmer. Der Mann war auf dem Sofa eingeschlafen. Der Fernseher lief, aber ohne Ton.

Behutsam öffnete ich die Tür, um hinauszugehen. Der Mann schrak auf.

»Nein«, reagierte er sofort. »Draußen ist es gefährlich. Elsa!« rief er.

Sofort kam seine Frau herein.

»Was ist?«

»Er will hinaus.«

»Nein, tun Sie es nicht«, sagte sie. »Hier laufen so viele gefährliche Typen herum. Dangerous people, und Sie sind mein erster Gast. Ich will nicht, daß Ihnen etwas passiert. Stellen Sie sich vor, in der Nacht, in der ich meine Pension eröffne, passiert ein Unglück! Bleiben Sie bitte drinnen! Ich habe einen Schrank voller Bücher, legen Sie sich hin und lesen Sie. Oder reden Sie mit uns, Geschichten von anderen tun Schriftstellern gut. Setzen Sie sich, ich erzähle Ihnen meine Geschichte. Vielleicht können Sie ein Buch darüber schreiben. Fanus, mach eine Flasche Wein auf!«

Fanus holte eine Flasche Wein und drei Gläser. Ich setzte mich zu ihnen an den Tisch.

»Früher, bevor meine Tochter verunglückte, las ich viel. Es war eigentlich ein Wunder. Meine Tochter war schwanger, aus dem Krankenhaus riefen sie mich an, ich rannte hin. Da lag sie, tot unter dem weißen Laken. Doch der Arzt übergab mir ein Baby, ein Töchterchen, und sagte: ›Hier, ein Prachtkind. Jetzt sind Sie die Mutter. Nehmen Sie es mit nach Hause.‹

Ich wußte nicht, ob ich lachen sollte oder weinen. Wir nahmen unser Töchterchen mit nach Hause.«

Der Kummer verdüsterte ihr Gesicht: »Meine Tochter wußte nicht, von wem sie schwanger war.«

Um dem Gespräch eine andere Wendung zu geben, hob ich das Glas: »Auf ... Auf ...! Auf Ihr Töchterchen! Auf Ihre Tochter! Auf Ihr Hotel!«

Sie lachte glücklich und sagte: »Kein Hotel. Es ist nur eine kleine Pension.«

3

Ich wachte früh auf. Es war noch dunkel, doch ich konnte nicht mehr schlafen. Ich stand auf, nahm ein Handtuch und verließ das Zimmer vorsichtig, ging zum Badezimmer.

Leise drückte ich die Tür auf und machte das Licht an.

Eine Frau schrie auf. Ich erschrak. In der leeren Badewanne lag eine nackte junge Frau mit einem jungen Mann.

»O mein Gott! Sorry! Sorry! Bleibt ruhig liegen. Ich gehe! It's okay. It's okay«, sagte ich und drehte mich um, um zu gehen.

»Ich bin der Sohn des Hauses«, sagte der Mann auf Englisch. »Es war spät und wir hatten keinen Schlafplatz. Das Zimmer, mein Zimmer ist ... wenn Sie duschen wollen, gehen wir!«

»Nein, das ist nicht nötig. Bleibt liegen.«

Er setzte sich auf den Rand der Badewanne.

»Bitte! Legen Sie sich doch wieder hin!«

Die junge Frau verschwand unter einer verschlissenen Decke.

»Ihre Mutter hat mir von Ihnen erzählt. Sie studieren, wohnen in Johannesburg, nehme ich an.«

»Nein, nicht mehr, ich bin fertig mit meinem Studium, ich wohne wieder zu Hause.«

»Zu Hause?«

»Ja, wo Sie jetzt schlafen, ist eigentlich mein Zimmer, aber meine Mutter will unbedingt ein Bed and Breakfast. Ich hatte ihr versprochen, nicht nach Hause zu kommen. Wenn jemand kommt, übernachte ich bei ihr«, sagte er und zeigte auf das Mädchen, das unter der Decke lag.

»O ja, bei ihr!«

»Sie ist meine Freundin«, sagte er lächelnd und zeigte wieder auf sie.

Sie kicherte.

»Heute nacht waren wir ein wenig betrunken, es war spät, wir waren zu Fuß hergekommen, meine Mutter erlaubte es nicht. Also legten wir uns in die Badewanne.«

»Es ist schon gut, legt euch nur wieder hin«, sagte ich und machte das Licht aus.

Das Mädchen kicherte wieder.

»Was haben Sie studiert?« fragte ich leise, bevor ich ging.

»Ökonomie! Eine falsche Entscheidung!«

Ich hätte gern noch länger mit ihm geredet, aber es war nicht der richtige Zeitpunkt.

»Nun, ich gehe, auf Wiedersehen. Aber trotzdem, darf ich mich kurz vorstellen. Ich bin Dawud, und Sie, wie heißen Sie?«

»Dumisa!«

»Und sie?«

»Susara!« rief das Mädchen lachend unter der Decke hervor.

»Schöner Name!«

Und ich ging in mein Zimmer zurück.

4

Morgens stand ich gegen zehn Uhr an der Haltestelle und wartete auf einen der kleinen Überlandbusse, die in die Stadt fahren. Da stoppte ein Mercedes neben mir. Der Fahrer hatte eine Kamera um den Hals. Er kurbelte das Fenster herunter und rief auf Englisch: »Wo wollen Sie hin?«

Fanus, der Mann, in dessen Haus ich übernachtet hatte.

»In die Stadt!« sagte ich.

»Ich nehme Sie mit.«

Ich stieg ein.

»Ich fahre sowieso in die Stadt«, sagte Fanus, »ich mache Fotos für unsere Lokalzeitung. Eigentlich nichts Besonderes. Ich darf keine bekannten Leute fotografieren, nur ganz normale. Oder einen Autounfall. Oder einen umgefallenen Baum. Und demnächst mache ich Fotos von den Festival-Teilnehmern. Aber es ist alles nichts Besonderes. Ich würde so gern einmal ein originelles Foto machen, aber das geht nicht, diese Gelegenheit bietet die Zeitung mir nicht. Für die Lesung eines Schriftstellers bin ich nicht geeignet, sagt die Zeitung. Und für Nelson Mandela greift der Chef selbst zur Kamera. Ich muß mich mit der Straße begnügen.«

»Wer weiß«, sagte ich, »die schönsten Fotos werden auf der Straße gemacht.«

»Das stimmt. Aber wissen Sie, das Problem ist, daß ich nicht weiß, wie man ein originelles Foto macht. Alle reden immer vom »Moment«. Aber ich weiß nicht, wie ich ihn fest-halten soll.«

Ich wechselte das Thema: »Wie alt ist Ihr Auto? Es sieht noch so gut aus.«

»Fünfzehn Jahre, aber es ist völlig in Ordnung.«

»Innen macht es einen ganz neuen Eindruck.«

»Ich pflege es gut. Ich putze es jeden Tag, und einmal im Monat reibe ich es mit einem Spezialwachs ein. Und ich besprühe die Sitze in regelmäßigen Abständen mit einem teuren Lack, so daß sie alle wie neu riechen und wie neu aus-sehen«, sagte er lachend.

Er zog eine Sprühdose unter seinem Sitz hervor und sprühte etwas Lack auf das Armaturenbrett. Einen Moment bekam ich keine Luft und mußte husten.

»Ich finde es angenehm! Herrlich!« sagte er lachend. »Ich will Ihnen die Geschichte meines Autos erzählen. Haben Sie ein paar Minuten? Ich nehme diesen Weg, wenn Sie erlauben. Ich zeige Ihnen etwas.«

Er fuhr in ein Villenviertel.

»Ich habe dieses Auto vor fünf Jahren gekauft«, sagte er, »ausgerechnet an dem Tag, an dem Mandela freigelassen wurde. Hier, genau in diesem Viertel, ich fahre nachher mal an der Stelle vorbei. Alle hatten Angst, die Weißen wußten nicht mehr, was sie mit ihren großen Häusern und schicken Autos anfangen sollten. Schauen Sie sich um, schauen Sie sich diese Häuser an, immer noch überall Eisengitter um alles herum, überall haben sie wie früher Kameras angebracht. Und immer noch springen wütende Hunde an die Zäune, sobald jemand vorbeigeht.

Ein paar Tage vor Mandelas Freilassung schlenderte ich durch dieses Viertel. Es war das erste Mal, daß ich mich trau-te. Alles schöne, große Häuser mit hohen Zäunen, von hohen Laternen beschienen.

Die Straßen waren leer. Draußen war niemand zu sehen. Die Leute, die hier wohnen, betreten ihr Haus im Auto und verlassen es auch wieder im Auto. Man sieht sie nie zu Fuß. Wer zu Fuß geht, ist schwarz oder braun.

Als die Schwarzen mehr Einfluß bekamen, versuchten diese Leute, ihre teuren Autos schnell zu verkaufen. Aber damals hatte kaum jemand Interesse dafür.

Ich kam an einer Garage vorbei und sah einen sehr schönen Mercedes Benz im Ausstellungsraum stehen. Er war teuer, aber nicht extrem teuer. Ich sah ihn immer wieder an. O mein Gott, das war genau das Auto meiner Träume.

Am nächsten Tag ging ich wieder zur Garage und versuchte herauszukriegen, ob sie das Auto einem Schwarzen verkaufen würden. Offenbar wohl.

Doch der Preis war hoch.

Der Händler sagte: Wir sind bereit, Ihre Situation mit zu berücksichtigen.

Ich ging nach Hause und erzählte es meiner Frau. Nein, sagte sie sofort. Sie wollte nichts davon wissen, hatte Angst. Sie wolle unser Geld, das wir jahrelang gespart hatten, nicht einfach so ausgeben, sie brauche es für unser Haus, für die Zukunft unserer Kinder.

Die Zukunft unserer Kinder?, sagte ich. Was gibt es Besseres als einen funkelnagelneuen Mercedes, in dem unsere Kinder sitzen können? Du setzt dich neben mich, und ich fahre durch die Stadt. Komm, hab doch keine Angst. Es ist ein guter Zeitpunkt, alle sind mit Mandela beschäftigt, und das Auto steht nur herum. So eine Gelegenheit ergibt sich nur einmal im Leben. Hol dein Geld.

»Du bist verrückt«, sagte sie. »In diesen gefährlichen Zeiten willst du uns ein Luxusauto vor die Tür stellen? Niemand weiß, was uns der nächste Tag bringt.«

Tags darauf ging ich wieder zur Garage. Das Auto stand

immer noch da. Und an dem Tag, als ich im Radio hörte, daß Mandela aus dem Gefängnis kam, und alles in die Stadt rannte, ging ich heimlich wieder hin. Das Auto kostete nur noch die Hälfte.

Alles rannte in die Stadt, ich rannte nach Hause, aber meine Frau war nicht da. Ich suchte sie in der Stadt, als ich sie gefunden hatte, flüsterte ich ihr zu: »Die Hälfte des Preises. Verstehst du? Vergiß die Stadt. Denk an die Zukunft unserer Kinder. Es ist jetzt oder nie!«

Wir nahmen ein Taxi nach Hause, und sie holte ihr Spargeld.

Das Auto stand noch da. Ich übergab dem Autohändler das Geld und bekam dafür den Schlüssel.

Ich half meiner Frau ins Auto und wir fuhren los. Ein Wunder war geschehen. Aber jetzt traute ich mich nicht mehr zu fahren. Ich hatte Angst vor einem Zusammenstoß, Angst, die Leute könnten denken, daß ich ein Weißer sei, der die Frechheit hatte, in einem schwarzen Viertel Auto zu fahren, während alle in der Stadt demonstrierten. Vorsichtig parkte ich das Auto hinter unserem Haus und zog ein Tuch darüber. Vor Spannung war ich mehrere Tage lang krank. Nachts schreckte ich auf und sah zum Fenster hinaus, um zu sehen, ob das Auto noch da stand.

Eines Tages zogen wir alle unsere Sonntagskleider an und stiegen ein. Ich fuhr los. Wir machten eine lange Reise. Die Reise unseres Lebens.«

5

Ich stieg in der Stadt aus. Fanus parkte das Auto vor der Redaktion und machte sich zum Fotografieren auf. In der Stadt war mehr Betrieb als je zuvor. Alles eilte zu dem größten Zelt. Man munkelte, Nelson Mandela komme vielleicht.

»Kommt er?«

»Das weiß keiner. Vielleicht kommt er, vielleicht auch nicht.«

Also nicht, dachte ich und ging weiter.

In der Menschenmenge sah ich unseren Reiseleiter. Er löste sich aus dem Gewühl, schlug eine ruhige Straße nach links ein, dann eine nach rechts, und verschwand. Da, wo er verschwunden war, näherte sich ein schwarzes Personenauto. Ich stand an der Straßenecke. Das Auto fuhr gemächlich in meine Richtung. Da erst konnte ich sehen, wer darin saß. Drei Männer auf dem Rücksitz und einer neben dem Fahrer. Sie waren schwarz, das hatte ich erst nicht gesehen, aber jetzt durchfuhr mich die Erkenntnis: Mandela!

Der Wagen parkte fünf Meter von mir entfernt. Jetzt konnte ich sie deutlich sehen. Ich hatte mich nicht geirrt. Nelson Mandela saß zwischen den beiden anderen auf dem Rücksitz.

Das Auto stand still, und niemand bewegte sich. Ich blieb auch still stehen, tat, als hätte ich ihn nicht erkannt. Es dauerte ein paar Minuten. Dann stieg ein kräftiger Mann mit einem Megaphon aus. Nach ihm die beiden anderen Männer, jeder auf seiner Seite.

Mandela saß noch immer auf seinem Platz. Die Wächter untersuchten die Umgebung. Kurz dachte ich, ich könnte zu Mandela hingehen, mich vor ihm verbeugen und etwas zu ihm sagen. Aber was hätte ich sagen sollen? In solchen Augenblicken ist Stillstehen und Schweigen das Beste. Also blieb ich stehen, wo ich stand.

Die zwei Wächter halfen Mandela aus dem Auto. Langsam richtete er sich auf und setzte sich in Bewegung. Er trug ein hellblaues Hemd mit goldfarbenen afrikanischen Blattmotiven.

Als er an mir vorbeiging, neigte ich den Kopf.

Mandela lächelte und nickte kaum merkbar zurück.

Kurz darauf hörte ich ihn über den Lautsprecher. Er sprach im großen Zelt, auf Afrikaans. Er begann mit einem Gedicht:

Die kind is nie dood nie
nòg by Langa nog by Nyanga
nòg by Orlando nòg by Sharpeville
nòg by die polisiestasie in Philippi
waar hy lê met 'n koeël deur sy kop ...
die kind wat 'n man geword het trek deur die ganse Afrika.

Das Kind ist nicht tot
weder bei Langa noch bei Nyanga
weder bei Orlando noch bei Sharpeville
noch im Polizeibüro von Philippi
wo es liegt mit einer Kugel im Kopf ...
das Kind, aus dem ein Mann geworden ist, zieht durch ganz Afrika.

6

Dann sagte er folgendes:

»Einen Gruß denen, die da sind, und einen Gruß denen, die nicht da sind. Das Afrikaans ist frei. Der Aufstieg der afrikaansen Sprache gehört Afrika – der Renaissance der afrikanischen Kultur. Auch diejenigen, die diese Sprache sprechen, haben einen Freiheitskampf gekämpft. Afrikaans ist nicht mehr die Sprache der Weißen, die aus Europa gekommen sind. Es gehört uns!«

Ich setzte mich in ein Café und bestellte ein Glas frischen Mangosaft.

»Ik het oral na jou gesoek, ich habe dich überall gesucht«, sagte jemand.

Sophia.

Sie setzte sich. Die Sonne schien ihr ins Gesicht und auf die Schultern.

Endlich waren wir allein.

Wir wußten, daß wir vielleicht nie mehr die Gelegenheit dazu bekommen würden. Wenn sie etwas sagen wollte, wenn ich etwas sagen wollte, mußten wir es jetzt tun.

Doch eine Stille trat ein.

Sie beugte sich vor und nahm ein Päckchen aus ihrer Tasche.

»Das habe ich dir mitgebracht. Getrocknetes Obst, etwas aus unserem Garten, von unseren eigenen Bäumen. Die Früchte habe ich selbst gepflückt. Nimm sie mit nach Hause.«

Sophia sagte auf ihre Weise, was sie sagen wollte.

Erzähl mir etwas von deinem Garten, wenn du magst«, sagte ich, »von deinen Bäumen, deinem Mann, deinen Kindern. Du hast fünf Kinder, habe ich gehört.«

»Fünf Kinder? Wie kommst du denn darauf?« fragte sie lachend.

»Ach, ich weiß es nicht. Ich weiß nicht, wie ich an die Zahl fünf komme. Aber ich fände es besonders schön, wenn du fünf Kinder hättest.«

»Du vielleicht, aber ich nicht. Ich habe nur ein einziges Töchterchen.«

»Nur ein Töchterchen ist auch schön. Erzähl etwas von deinem Mann.«

»Was willst du über ihn wissen?«

»Nichts Besonderes. Ich will dich in meinem Gedächtnis bewahren. Nicht nur als südafrikanische Frau, sondern auch als Dichterin mit ihren Hintergründen.«

»Nun gut. Mein Mann, ja, er ist, er fährt mit dem Traktor über unser Land und beugt sich oft über die Reben, um zu sehen, ob die Trauben schon reif sind. Und er ist stolz, wenn die Äpfel, die Pflaumen und die Kirschen reif an den Zweigen hängen. Und manchmal bleibt er lange, sehr lange im Weinkeller, so daß ich ihn drei bis fünf Mal rufen muß, bevor er sich die Hände wäscht und sich endlich zu Tisch setzt.«

»Ist er nett?«

»Ja. Aber er ist immer beschäftigt.«

»Wie findet er deine Gedichte?«

»Wir reden nie darüber. Er liest meine Gedichte nicht.«

»Bäckst du manchmal einen Kuchen?«

»Wie bitte?«

»Ich frage, ob du manchmal einen Kuchen bäckst.«

»Wieso?! Ja, wenn unsere Pflaumen reif sind, oder wenn die Erdbeeren rot und groß sind.«

Sie sagte nichts mehr, schloß die Augen, lehnte sich ein wenig zurück und hielt den Kopf in die Sonne.

»Hast du noch mehr Fragen?« sagte sie.

»Nein. Aber magst du mit geschlossenen Augen noch ein wenig so sitzen bleiben?«

🔸 Achtzehn 🔸

Ich erreichte Halab. Dort begegnete ich Abolale.
Er war blind und herrschte über die Stadt.
Außerdem war er reich, und viele arbeiteten für ihn. Selber jedoch
lebte er einfach, saß auf einem einfachen Teppich und aß trockenes
Brot und Käse. Doch er besaß Macht.
Er dichtete und seine Sätze waren kräftiger als die des Koran.
»Ihr seht nichts, Ihr seid von anderen abhängig. Wie kommt Ihr
zu so viel Macht? Wie seht Ihr die Dinge, obwohl Ihr nichts sehen
könnt?« fragte ich.
Er rief jemanden auf dem Innenhof. Der Vorhang hob sich. Eine
schöne junge Frau trat herein.
»Vater«, sagte sie leise.
»Der Reisende fragt, woher meine Macht kommt. Und wie ich
sehen kann, obwohl ich nichts sehe. Ich wollte diesem Mann deine
Augen zeigen.«
Sie sah mich mit festem Blick an und ließ dann den Vorhang wie-
der fallen.

1

In der zweiten Nacht in Oudshoorn, als Dawud mit einem
Stapel Bücher von Frau Elsa in seinem Nachtquartier im Bett
lag, waren wir, Frug, Rumi und ich, noch in der Stadt.

Es war voll bei den Zelten, aber nicht so voll wie tagsüber. Es fanden ruhigere Veranstaltungen statt. Man hörte klassische Musik, ging in Theatervorstellungen oder saß an der Bar.

Wir gingen zum Souvenirmarkt, wo man afrikanische Kleidung und Kunsthandwerk kaufen konnte. An einem Stand bemalte eine Frau lustige Tischtücher mit bunten Blumen. Sie waren so schön, daß man sie auch als Wandschmuck benutzen konnte.

Andere Frauen bemalten Vorhänge. Sie malten Tiere, vor allem Strauße, auf Tücher, die so lang waren, daß sie sich als Vorhänge eigneten. Man sah Mütter diese Straußenvorhänge für die Zimmer ihrer Kinder kaufen.

In einem Zelt trug eine Frau die Gedichte ihres blinden Mannes vor. Der Dichter saß still auf einem Stuhl auf dem Podium. Wir fanden das merkwürdig. Was die Frau für ihren Mann tat, war wunderbar, und sie machte es hervorragend. Aber warum konnte der Dichter seine Gedichte nicht selbst vortragen? Ein Dichter sollte doch mindestens einen Teil seines Werks auswendig können. Oder war das eine persische Tradition? Aber die Frau machte es gut. Sie beschützte ihren Mann wie eine Tigerin.

Etwas weiter weg stand ein Zelt, in dem man gratis im Internet surfen konnte.

Vom Internet verstanden wir nichts. Als wir in Durban waren, hatte Siamak es uns zwar ein wenig erklärt, doch wir hatten keine Gelegenheit gehabt, es auszuprobieren.

In dem Zelt konnte man sich von einem Studenten helfen lassen.

Frug und Rumi interessierte das nicht. Frug ging hinaus, sie hatte gehört, daß Nelson Mandela heute morgen beim Festival eine Rede gehalten hatte. Jetzt sah sie sich überall um, in der Hoffnung, ihm zu begegnen. Rumi setzte sich draußen auf einen Stuhl. Er war müde und wollte so allmählich wieder nach Hause zurück, er hatte Heimweh. Er vermißte seine Frau und sein Töchterchen.

Ich blieb noch ein wenig im Zelt, beobachtete die Jungen und Mädchen, die an den Computern saßen. Sie arbeiteten so intensiv und konzentriert, daß ich wissen wollte, was sie taten. Ich wollte auch an einem dieser Computer sitzen, aber es hatte keinen Sinn, ich verstand nichts davon.

Einmal war ich der beste Student an der Universität gewesen, aber jetzt war ich schon lange nicht mehr auf dem neuesten Stand. Ich fühlte, daß ich fremd in der Welt geworden war.

Der Student war mit einem Jungen ins Gespräch gekommen. Er erklärte ihm, wie alles funktionierte. Ich hörte aus einiger Entfernung zu. Er sprach von Buchstaben, die über ein Kabel verschickt und dann über einen Satelliten in die Welt hinausgesandt werden. Er sprach von Speichern im Gedächtnis eines Kupferdrahts. Daß man sogar den Inhalt eines dicken Buches oder mehrerer Bücher in einem sehr kleinen Teil des Speichers eines solchen Drahtes aufbewahren kann.

Könnte ich nur mehr erfahren über diese modernen Entwicklungen. Doch es ging nicht, und das tat weh.

Nachts, als ich im Bett lag, dachte ich wieder an den Kupferdraht und konnte nicht schlafen. Ich dachte an die Jungen, die Mädchen, die an den Computern saßen und so konzentriert auf den Bildschirm blickten.

Rumi schlief tief, ich hörte ihn schnarchen. Frug war auch schon lange eingeschlafen, sie lag bei den Rebstöcken.

Doch ich war nicht müde. Die Reise war fast zu Ende. Wie sollte es weitergehen? In ein paar Tagen mußten wir zurück. Es hatte sich so vieles geändert, so viel Schönes gab es noch zu erleben, aber nicht für mich. Ich mußte zurück.

Ich lag da und dachte nach. In dem Moment setzte Frug sich auf.

»Was ist?«

»Nichts. Ich habe Durst«, sagte sie, stand auf und ging im Dunkeln durch das Schilf zum Wasser.

Es dauerte lange, sie kam und kam nicht zurück.

Ich ging nachschauen. Sie stand still am Wasser.

»Was machst du?«

»Nichts, ich denke nach.«

»Worüber?«

»Ich weiß nicht, ob ich es sagen soll.«

»Nur, wenn du möchtest.«

»Ich habe gerade etwas geträumt. Deshalb will ich nicht mehr schlafen. Ich habe Angst, daß der Traum verblaßt, wenn ich die Augen wieder zumache, und ich mich morgen nicht mehr an ihn erinnern kann.«

»Erzähl ihn mir. Ich behalte ihn für dich.«

»Ich will versuchen, ihn dir zu erzählen. Aber es muß unter uns bleiben. Ich bin gerade Nelson Mandela im Traum begegnet. Es war so unbeschreiblich wirklich. Ich träumte, wir würden hier, genau wie jetzt, zu dritt liegen. Du da, Rumi dort und ich bei den Rebstöcken. Ich wartete, bis ihr eingeschlafen wart. Dann stand ich vorsichtig auf, ging im Dunkeln los und überquerte die hohe Brücke. Am Ende der Brücke ging ich nach rechts, wartete, bis die Ampel auf Grün sprang, und überquerte dann die breite Straße. Dann ging ich nach links auf einem Wanderweg quer durch ein Naturgebiet. An Büschen und Sträuchern vorbei kam ich in ein Gebiet mit hohen Bäumen. Nach einer Weile ließ ich den Wald wieder hinter mir und erreichte einen öden Ort. Ich wanderte an einem See entlang, auf dem Enten schlafend im Wasser schaukelten und plötzlich lärmend aufflogen.

Kurz darauf sah ich das Licht des im Kolonialstil gebauten Gasthauses, in dem Mandela übernachtete. Seltsam, daß ich den Weg kannte und alles so genau träumte. Ich ging schnurstracks zum Portier. Ein bewaffneter Wächter hielt mich zurück. Ich sagte, ich wolle Mandela sprechen. Der Wächter ignorierte mich. Ich versuchte zu erklären, warum ich Mandela treffen mußte. Der Wächter hörte mir nicht zu. Ich wandte mich zu einem Fenster in der oberen Etage, hinter dem noch Licht brannte und rief: ›Mister Mandela!‹

Der Wächter sagte, ich solle verschwinden, aber ich hörte nicht auf ihn.

Ich rief nochmals: ›Mister Nelson Mandela!‹

Der Wächter stieß mich weg, doch ich rief noch lauter: ›Mandela! Mandela! Mandela!‹

Da wurde das Fenster geöffnet. Ein alter Mann steckte den Kopf heraus und fragte: ›What is happening over there?‹

Es war Nelson Mandela.

›Ich muß Sie unbedingt sprechen‹, rief ich auf Englisch, ›aber der Wächter ...‹

›Wer sind Sie?‹, rief Mandela.

›Ich, ich ... ich heiße Frug.‹

›Was wollen Sie von mir?‹

›Zwei Dinge. Erst möchte ich Ihnen etwas erzählen, wenn ich darf.‹

Eine Stille trat ein.

›Laß sie heraufkommen‹, rief Mandela und schloß das Fenster.

Der Wächter ließ mich herein und begleitete mich hinauf.

Wir liefen durch mehrere Gänge des alten Hotels. Alle geschmückt mit roten und goldfarbenen Gegenständen früherer Zeiten. Große Spiegel und wunderliche Lampen. Der Wächter blieb vor einer alten Tür stehen und klopfte. Die Tür öffnete sich leise und Mandela erschien. Er trug einen bunten Morgenrock aus Seide mit Tiermotiven.

›Kommen Sie herein‹, sagte er leise.

Ich trat in ein Wohnzimmer mit wunderschönen Möbeln, einem großen Spiegel und einer zierlichen Lampe.

›Setzen Sie sich, meine Tochter!‹

Erst wollte ich mich nicht setzen, sondern blieb stehen.

›Nehmen Sie Platz!‹, drängte er.

Ich nahm da Platz, wo ich mich selbst von oben bis unten im Spiegel sehen konnte.

›Sprechen Sie, meine Tochter! Was wollten Sie mir sagen?‹

Plötzlich mußte ich weinen, dann lächelte ich wieder. Ich sagte, ich weiß nicht, wie ich es erzählen soll: ›Erst waren wir zu siebt, sieben Frauen in einer kleinen Zelle. Zwei von uns waren zum Tod verurteilt. Wir waren da eingesperrt und glaubten, wir würden nie mehr herauskommen. Es gab keine Hoffnung. Eines Nachts hörten wir leises Klopfen an der Wand. Eine Morsenachricht, dachten wir. Wir preßten die Ohren an die Wand, doch wir verstanden sie nicht. Die Nachricht wurde wiederholt. Alle fünf legten wir das Ohr an die Wand und horchten, doch wieder verstanden wir nichts. Wir kannten das Morsealphabet nicht sehr gut. Wir setzten uns auf unsere Pritschen.

Eine Morsenachricht, plötzlich mitten in der Nacht, mußte wichtig sein. Doch wir konnten sie nicht entziffern.

Wir versuchten, uns einen Reim zu machen. Wir kamen überein, daß wir alle ein M, ein D, ein E, ein A, ein L, noch ein A und ein F und dann ein R gehört hatten. Dann versuchten wir, die Nachricht zu entziffern. Es dauerte nicht lange. Auf einmal tauchte ein kurzer, magischer Satz auf: ›Mandela ist frei.‹

Das wollte ich Ihnen erzählen. Vor Freude schrieen wir im Dunkeln. Die Wärter kamen, die Zellentür ging auf, das Licht ging an. Sie zwangen uns, still zu sein. Das Licht ging wieder aus, doch ein kleines Licht begann in unseren Herzen zu brennen. In jener Nacht wußten wir, daß sich etwas ändern würde. Wir würden befreit werden. Das wußten wir jetzt mit Bestimmtheit.‹

Mandela lachte leise.

›Ich danke Ihnen für Ihre lieben Worte‹, sagte er, ›Sie rühren mich. Wie geht es Ihren Freundinnen? Sind sie alle frei?‹

›Nein, noch nicht alle.‹

›Schade! Sind sie gesund?‹

›Manche schon. Andere kämpfen mit den Krankheiten, die sie sich im Gefängnis zugezogen haben.‹

›Ich verstehe, meine Tochter. Grüßen Sie sie von mir.‹

›Das werde ich tun.‹

›Sie wollten mir noch etwas anderes sagen, tun Sie's!‹, sagte er.

›Ich traue mich nicht, ich schäme mich, aber irgend jemandem muß ich es doch sagen. Vor einem Jahr habe ich geheiratet, aber ich will nicht mehr, ich kann es nicht‹, sagte ich und brach in Tränen aus. ›Er ist ein guter Mann, nein, er ist nicht gut, er war gut, oder vielleicht war er auch nie gut. Ich, ich kann nicht mit ihm ins Bett gehen. Ich kann nicht, ich will nicht. Es tut mir leid, es tut mir so leid, es tut weh. Mein Körper will nicht, wenn er intim wird, hasse ich ihn. Ich brauche keinen Mann.‹

Mandela hörte zu, dachte nach: ›Sind Sie beim Arzt gewesen?‹

›Ja!‹

›Und?‹

›Mir fehlt nichts, sagt der Arzt. Aber ich will keinen Mann, ich will nicht nach Hause zurück, aber ich kann es niemandem sagen.‹

›Es hat wahrscheinlich mit dem Tod Ihrer Freundinnen im Gefängnis zu tun. Und weil Sie lange eingesperrt waren. Wie lange waren Sie im Gefängnis?‹

›Sieben Jahre. Sieben Jahre und ein paar Monate.‹

›Es kann auch mit mangelnder Bewegung zu tun haben. Hören Sie, ich hatte das gleiche Problem. Entschuldigen Sie, daß ich Ihnen das erzähle, aber ich konnte auch nicht, es ging nicht, ich bekam es mit der Angst zu tun, wenn meine damalige Frau sich mir näherte. Und ich habe immer noch Angst, vor allem. Doch ich wußte, daß es mit dem Gefängnis zu tun hatte. Mit dem, was mit mir passiert war.

Ich habe einen Rat. Machen Sie einen langen Spaziergang, bevor Sie ins Bett gehen. So vertreiben Sie düstere Gedanken über die Vergangenheit. Das habe ich auch getan, und es hilft. Sie legen sich mit entspanntem Körper und ruhigem Kopf schlafen. Versuchen Sie es. Trinken Sie manchmal?‹

›Eigentlich nicht, nur ab und zu.‹

›Dann habe ich einen noch besseren Ratschlag für Sie. Hören Sie, trinken Sie ein Glas Wein vor dem Schlafengehen, nicht direkt davor, sondern eine Stunde vorher. Das tue ich auch, und es wirkt Wunder. Rotwein löscht die schmerzlichen Erinnerungen und schiebt das Schuldgefühl eine Nacht lang beiseite. Sie fühlen sich wieder glücklich. Versuchen Sie es einmal. Trinken Sie unseren südafrikanischen Rotwein. Ein Glas nur. Schauen Sie, ich trinke ihn jede Nacht. Dort steht die Flasche.

›Warten Sie mal, ich habe etwas Schönes für Sie!‹, sagte er und ging zu seinem Koffer. Er beugte sich vor und nahm etwas heraus. Er drehte sich zu mir um und reichte es mir.«

»Traurig, Frug. Sehr traurig«, sagte ich.

»Nein, Attar, warte, ich möchte dir noch etwas erzählen. Etwas Schönes.«

»Erzähl!«

»Ich bin schwanger!«

⋈ Neunzehn ⋈

Eines Abends kam ich erschöpft in ein verlassenes Dorf namens
Kharzavil. An einer Ecke fand ich einen Laden. Ich ging hinein, der
Laden war aber völlig leer. »*Was kann ich Ihnen anbieten, ich bin*
der Lebensmittelhändler des Dorfes«, *sagte der Mann, der hinter*
dem Ladentisch stand.
»*Mir ist alles recht. Ich habe einen solchen Hunger, daß ich, was*
Sie mir auch geben, von Herzen gerne annehme. Geben Sie mir
etwas zu essen«, *sagte ich.*
»*Ich habe nichts*«, *sagte der Lebensmittelhändler.*
Seitdem sprach ich in so einem Fall immer vom ›*Lebensmittel-*
händler von Kharzavil‹.

1

Den ganzen Tag über war ich niedergeschlagen. Gegen Abend
konnte ich es nicht mehr aushalten. Ich brauchte einen
Freund, bei dem ich mich ausweinen könnte. Ich weiß nicht,
warum, aber Frug oder Rumi kamen nicht in Frage. Ich
brauchte Malek, um den Kopf an seine Schulter zu lehnen
und zu weinen. Oder Soraya.

Ich brauchte irgend etwas, um diese Nacht zu überstehen.
Wenn ich nur weinen könnte, würde alles wieder gut werden.
Ich hatte einen Kloß im Hals. Meine Augen brannten.

Ein Friedhofsbesuch erleichtert das Herz, sagt man bei uns. Also machte ich mich im Dunkeln zu einem Friedhof auf, den ich am Stadtrand gesehen hatte.

Ich ging zur Hauptstraße. Ich begegnete Dutzenden von Menschen, die aus der Stadt kamen und zu Fuß auf dem Heimweg waren. Ich schloß mich ihnen an.

Die Jungen liefen in Gruppen und neckten die Mädchen, an denen sie vorbeikamen.

Die Mädchen gingen barfuß, um ihre Schuhe zu schonen. Wenn sie den langen Heimweg in ihnen zurückgelegt hätten, wäre von den schönen, billigen Schuhen nichts übriggeblieben.

Ich sah eine Gruppe Mädchen auf der Leitplanke sitzen. Sie waren müde und hatten ihre Röcke hochgeschlagen, so daß man ihre weißen Unterhosen sehen konnte. Ein paar Jungen wollten sie auf den Rücken nehmen, doch die Mädchen stießen sie lachend zurück und rauchten gemütlich ihre Zigaretten.

Ich sah eine Gruppe junger Mütter mit siebzehn kleinen Kindern, die ihre Schuhe um den Hals trugen. Die Autos, die Busse und Taxis rasten vorbei.

Gern wäre ich diesen Menschen gefolgt, um zu sehen, wohin sie gingen. Ich hätte gern gewußt, wo sie wohnten.

Dann sah ich den Friedhof. Eine kleine gelbe Lampe brannte, von Hunderten Fliegen umtanzt.

Das sparsame Licht gab den Gräbern besondere Konturen. Ich schlenderte an ihnen entlang. Ich kam an ein Grab ohne Stein, statt dessen hatte jemand sieben leere Marmeladengläser in die Erde gesteckt. Sollte es hier jemals regnen, würden die Tropfen die Gläser füllen, und sobald die Sonne wieder schiene, würde das Wasser verdampfen.

Ein anderes Grab ohne Stein war von leeren, plattgetrampelten Coladosen bedeckt.

Am Ende des Friedhofs sah ich einen Hügel, auf dem Jungen ausgelassen hinauf- und hinunterrannten. Ich konnte im Dunkeln nicht genau sehen, was sie taten, ich sah nur ihre Silhouetten. Sie rannten und schrieen vor Begeisterung, als würden sie etwas oder jemanden verfolgen. Ich ging näher, stieg auf den Hügel.

Plötzlich sah ich Dutzende Tiere, die jungen Kamelen ähnelten. Ich wollte die Flucht ergreifen, doch kaum hatten die Tiere mich entdeckt, stürmten sie, unheimliche Laute ausstoßend, auf mich zu. Einige Jungen, die mich gesehen hatten, rannten lachend hinter den Vögeln her, packten sie an ihren langen Hälsen, sprangen auf ihre Rücken und ritten wie Geister in die Dunkelheit hinein.

Ich machte einen Sprung zur Seite, stürzte auf die Lichter in der Ferne zu.

Schweißbedeckt kam ich in ein stockdunkles Viertel. An einer Ecke entdeckte ich ein Lebensmittelgeschäft. Ich schaute hinein. Ein alter Mann stand hinter dem Ladentisch, und alle Regale waren leer. Wie lange er wohl schon so in seinem leeren Laden stand?

Als er mich sah, kam heraus, sagte etwas in einer Sprache, die ich nicht verstand. Ohne mich anzuschauen, zeigte er auf ein erleuchtetes Gebäude in der Ferne. Er sagte noch etwas und ging in seinen Laden zurück.

Es führte kein Weg zu dem erleuchteten Gebäude, ich stolperte über Steine und hohes, trockenes Gestrüpp, an Abfall und kaputten Möbeln, löchrigen Matratzen und Stühlen vorbei, bis ich schließlich wieder zu einer Straße kam.

Nach einer Weile hörte ich Musik. Jazzmusik. Vor der Tür eines großen Lokals standen ein paar Autos und ein Motorrad. Nach dem Stimmengewirr zu urteilen, mußte es drinnen voll sein. Jemand begleitete auf einem Blasinstrument einen mir unbekannten Jazzsong.

Ich öffnete die Tür.

Es war niemand da, das Lokal war leer.

Ein älterer Mann, der Wirt, stand an der Bar und rauchte. Ein junger Mann blies mit geschlossenen Augen auf einem Saxophon. Eine schwarze junge Frau wiegte sich im Tanz. Sie trug ein enganliegendes, ärmelloses orangefarbenes Kleid und machte ruhige, fast zärtliche Bewegungen wie eine Schauspielerin in einem Jazzfilm.

Ich betrat den Raum, blieb aber neben dem ersten Pfeiler stehen, so daß ich halb im Dunkeln stand. Die Frau tanzte und tanzte, als ob die Welt, das schwarze Viertel, die Nacht und die Strauße da draußen nicht existierten.

Der Wirt sah ihr nicht zu, er war mit seinen Gedanken woanders. Der Saxophonist spielte mit geschlossenen Augen und ging ganz in seiner Musik auf. Ich war der einzige, der der tanzenden Frau zuschaute. Sie bemerkte mich erst nach einer Weile, tanzte ruhig weiter, bewegte sich dann plötzlich auf mich zu.

O mein Gott. Ich zog mich hinter den Pfeiler zurück.

Gib dich der Nacht hin, rief eine Stimme in mir. Mit einem trunkenen Lächeln streckte die Frau die Hand nach mir aus. So wurde ich ein Teil dieser Nacht.

🔷 Zwanzig 🔷

Als ich in die Stadt Kaschan kam, sah ich aus wie ein Wahnsinniger. Meine Kleider waren zerlumpt, Haar und Bart sahen verwildert aus, und ich hatte schon drei Monate kein Wasser mehr gesehen. Unverzüglich ging ich ins Badehaus. Der Besitzer jagte mich fort, er hielt mich wohl für einen Idioten. Die Kinder verfolgten mich und warfen Steine nach mir. Ich suchte Zuflucht unter einer Brücke und dachte: Soweit ist es schon mit dir gekommen!

Ich steckte meinen Reisebericht in eine kleine Tasche, schrieb die Adresse meines Verstecks darauf und reichte sie einem Wächter: »Stadtgeheimnis! Bring dies sofort dem Großwesir!« Mitten in der Nacht kam der Großwesir zur Brücke geritten und rief: »Zeigt euch!«

»Ich bin dreckig, und meine Kleider sind zerlumpt!« rief ich zurück.

Er schenkte mir einen teuren Mantel und ein Pferd. Ich ritt ins Badehaus. Derselbe Besitzer verbeugte sich vor mir und hieß mich willkommen.

1

In der nächsten Nacht erzählte Dawud uns etwas Schönes über Rosalina, deren Namen ich mir gemerkt habe:

Heute morgen, als ich aufwachte und in die Küche ging, begegnete ich dort einem jungen Mädchen. Sie mochte achtzehn, neunzehn Jahre alt sein. Sie war verlegen, sah mich nicht an und sprach so undeutlich, daß ich sie kaum verstehen konnte.

»Schenk dem Herrn Kaffee ein«, rief Frau Elsa aus dem Wohnzimmer, wo sie am Tisch sitzend ihre Hotelpapiere in Ordnung brachte.

Das Mädchen schenkte mir Kaffee ein, wußte aber nicht genau, was sie tun sollte, mir die Tasse reichen oder sie vor mich hinstellen.

»Trödele nicht herum«, rief Frau Elsa durch die Durchreiche. »Stell den Kaffee hin und bring dem Herrn den Käse, die Marmelade, das frische Brot und die Milch. Und frag ihn, ob er ein Ei möchte, weich oder hart gekocht, oder ein Omelett.«

Das Mädchen hieß Rosalina.

»Es ist ihr erster Tag«, sagte Frau Elsa. »Zu Hause darf sie verlegen sein, aber hier nicht. So kommt man nicht weit.« Und zu ihr: »Schau mich an! Hätte ich je ein Hotel anfangen können, wenn ich so verlegen wäre? Also frag den Herrn, was er haben möchte, ein weiches Ei, ein hartes Ei oder ein Omelett.«

Das Mädchen errötete, sah mich mit Mühe an und sagte: »Was möchten Sie haben?«

»Kein Ei«, sagte ich.

Das verwirrte sie, jetzt wußte sie überhaupt nicht mehr weiter.

»Gut, kein Ei, frag den Herrn dann, ob er sein Brot getoastet haben möchte oder nicht.«

»Getoastet bitte!«

Ich aß mein Frühstück. Und Frau Elsa ging weg.

Rosalina stellte eine kleine Vase auf den Tisch mit ein paar

Blumen, die sie im Garten gepflückt hatte. Als sie sich an der Anrichte zu schaffen machte, betrachtete ich sie. Ich konnte sie jetzt besser sehen, sie war kein junges Mädchen mehr, sondern eine geschickte junge Frau. Jetzt, wo Frau Elsa fort war, machte sie einen entspannten Eindruck.

»How old are you, Rosalina?« fragte ich.

»I'm twenty-three years old«, sagte sie deutlich hinter der Tür des Kühlschranks hervor.

»Nice age. Have you studied?«

»Yes«, sagte sie, während sie mir den Rücken zukehrte.

»Did you get your diploma?«

»No. I didn't finish my study.«

»Does Rosalina have a boyfriend?«

Sie blieb wie angewurzelt stehen. Antwortete mir erst nicht.

»No«, sagte sie dann leise.

»Has Rosalina sisters or brothers?«

»One sister, one brother.«

»What does your father do, Rosalina?«

»He doesn't do anything. He sometimes mows the lawn.«

»What does your mother?«

»She is sick, doesn't do anything.«

Rosalina hatte wohlgeformte, volle Lippen.

Rosalina hatte eine leicht aufwärts gebogene Nase, das machte ihr Gesicht reizvoller. Ihr Hals hatte die Farbe von altem Silber, ihre Brüste waren nicht groß, auch nicht klein, sie lugten ein wenig aus der Öffnung ihrer enganliegenden Bluse. Und ihre Augen? Die hatten etwas von den Augen einer jungen Gazelle, die einen aus sicherer Entfernung beobachtet. Sie paßte gut in ein Gedicht, das ich gerade erst auswendig gelernt hatte:

Hoe lank nog eer ek my met jou breë
Kasjoeneutbosse verenig, eer ons inmekaarpas,
Jou rietbegroeide arm om my,
Jou bruin liggaam my liggaam?

Rosalina schenkte mir Kaffee nach. Sie hatte schöne Beine, und ihre hellbraunen Füße in ihren rotblauen Slippern zogen meine Aufmerksamkeit auf sich.

Ich ging hinaus, stellte mir einen Stuhl in den Garten und fing an zu arbeiten. Als Rosalina mich ohne Kopfbedeckung in der Sonne sitzen sah, brachte sie mir einen großen Strohhut.

Sie sah sehr schön aus, wie sie mir den Strohhut wortlos hinhielt, ohne mich anzuschauen.

Ich setzte ihn auf und schrieb weiter.

Das Haus war das letzte in der Reihe. In der Ferne gingen Leute zu Fuß in die Stadt.

Es war heiß, und der Hut warf einen herrlichen Schatten auf mein Gesicht. Ich beobachtete die Leute. Da verließ einer die Straße. Er sprang über die Leitplanke und kam auf die Häuser zu. Es war ein magerer schwarzer Mann mit Schirmmütze. Er blieb einen Moment stehen. Dann setzte er sich wieder in Bewegung. Er ging geradewegs auf mich zu, blieb vor dem Gartenzaun stehen, nahm seine Mütze ab und sagte etwas, von dem ich kein Wort verstand.

»What did you say?«

»Sir! I'm ... looking ... job. If you want ... I ... cut your grass«, sagte er mit einem Mund voller Zahnlücken.

Dann wartete er mit gebeugtem Kopf.

Jetzt mußte ich reagieren, aber in solchen Momenten war ich unsicher. Nein sagen konnte ich nicht. Ja sagen konnte ich auch nicht, denn das Gras gehörte nicht mir. Der Garten bestand aus einem etwa vier Quadratmeter großen Rasen und das Gras war erst vor kurzem gemäht worden. Also sagte ich ihm die Wahrheit.

»The grass has been mowed. And I am a guest of this family.«

Er blieb mit der Mütze in der Hand stocksteif stehen. Nach einer Weile sagte er: »I'll do everything. I'll clean the house. Cut wood. Wash floors, wash windows. I'll do it. You wish for anything. I'll do it.«

Ich schaute zum Fenster hinein. Rosalina war in der Küche.

»Rosalina! There is a man standing here. He is asking if he can mow the lawn. What do you think? Shall I let him do it? I'll pay!«

»No!« rief sie deutlich. »My father does the grass.«

»What about the windows? The man asked me to clean the windows.«

»No!« rief sie. »My sister cleans the windows.«

»The grass is mowed by Rosalina's dad«, sagte ich zu dem Mann, »and the windows are cleaned by her sister. And Rosalina washes the floor herself. I am so sorry, I have nothing for you.«

Er machte ein paar Schritte vorwärts und setzte sich, nein, er kniete vor meinen nackten Füßen und flehte: »Sir!«

»Don't, don't do that!« rief ich.

»Sir, everyday I'm looking for a job. I have children, but I have no job. I can't find a job.«

Ich fühlte mich wie ein lächerlicher Sir mit Strohhut, der nichts tun konnte. Ich befand mich in Südafrika, dem Land der Geister, dem Land der komplizierten Rassenkonflikte, dem Land der unlösbaren Probleme. Wie gern ich es auch ignoriert hätte, ich blieb ein Weißer. Jetzt, da dieser Mann so demütig vor mir kniete und nicht aufstehen wollte, und ich mit diesem Strohhut auf diesem Stuhl saß, fühlte ich mich wie ein barfüßiger afrikanischer König. Was sollte ich nur mit diesem Mann anfangen?

Ich tat, was ein König tun würde.

»Everything is done by Rosalina«, sagte ich und gab ihm zu verstehen, daß er gehen sollte.

Er stand auf, verbeugte sich und verschwand.

Ich vertiefte mich in meine Arbeit.

Kurz darauf verließ ein anderer Mann die Straße und kam auf mich zu. Er war ebenfalls alt, doch er hatte keine Mütze auf, nur eine altmodische Brille. Er entschied sich für die linke Ecke des Gartens und stellte sich genau an den Rand. Er verbeugte sich und flehte stockend auf Englisch: »Sir ... you have ... a job ... me?«

»No, I am a guest here.«

»I'll cut your grass.«

»No, Rosalina's dad cuts the grass.«

»Sir, I'll do. Whatever you want! Cut wood, wash windows, clean the house.«

»No, I am sorry. I don't have anything to do for you.«

Er kniete am Rand des Gartens vor mir.

»Sir, long, for long I look for a job, but I no job. Help me. I can bring your garbage out?«

Ich schaute zum Fenster hinein. Rosalina staubsaugte, hörte mich nicht. Ich klopfte an die Scheibe. Sie machte den Staubsauger aus, sah mich an.

»Rosalina, the garbage is smelling. May I give it to this man. He can take it away.«

»No!« rief sie. »My brother takes out the garbage.«

»Sorry!« sagte ich zu dem Mann. »I have nothing for you.«

»Sir, I've five children«, sagte er flehend.

Wieder wurde ich ein Sir, ein König mit Strohhut.

Ich hatte keine Wahl, streckte gebieterisch den Arm aus: »Nothing! I don't have anything for you!«

Er richtete sich auf, verbeugte sich, drehte sich um und verschwand.

Ich las weiter.

Nach einer Weile erschien ein behinderter Mann mit einer Mütze. Er ging am Stock. Ich konnte nicht erkennen, ob er alt war oder jung. Ich packte meine Sachen und wollte hineingehen, konnte den Gedanken nicht ertragen, daß auch er vor mir knien würde. In dem Moment stolperte er und fiel ins verdorrte Gebüsch.

»Rosalina! Come!« rief ich.

Sie kam heraus.

»What happened?« fragte sie verwundert.

»A man fell over there!« sagte ich und zeigte aufs Gebüsch. Rosalina schaute, aber es war niemand zu sehen.

»How come?« fragte sie nochmals.

»Nothing, today I am a king!«

◈ Einundzwanzig ◈

Ein neuer Lenz weckt alte Träumereien
Und webt ein Netz aus Grübeleien,
Wie junge Blüte an dem alten Holz
Aus toter Erde Leben hat gewonnen.

Wohin ich auch komme, überall höre ich Vierzeiler des Omar Chajjam. Ich kann sie alle auswendig. Doch das Merkwürdige ist, daß ich immer wieder neue Gedichte von ihm höre, von denen ich mit Gewißheit weiß, daß sie nicht von ihm sind. Meines Erachtens dichtet man neue Vierzeiler in seinem Ton und schreibt den Namen des Meisters darunter. Überraschend, daß sie manchmal schöner sind als die ursprünglichen. Ich schrieb mir die letzten auf und setzte mich ans Meer, um sie in aller Ruhe zu studieren. Als die Sonne unterging, stieg ein Schwarm Vögel aus dem Wasser auf. Sie glühten auf, als wären sie aus Feuer. Ich weiß nicht warum, aber plötzlich wollte ich nicht mehr weiter. Ich hatte das Ende der Reise erreicht, hinter diesem Meer lag nichts mehr. Und wenn dort etwas lag, so war es nicht für mich bestimmt. Ich war müde, legte mir meine Bücher unter den Kopf und schlief ein. Ich träumte, ich klopfte an eine Tür, hinter der ein Licht brannte. Die Tür wurde geöffnet!

1

Zu dritt saßen wir in dieser klaren Nacht im Garten des Schriftstellers Langenhoven, eines glühenden Verfechters des Afrikaans. Man hatte aus seinem Haus ein Museum gemacht. Man konnte sein Arbeitszimmer, sein Bett, seine Feder, seine Brille, seine Schuhe, seine Bücher, seine Kleider und seine Manuskripte besichtigen.

Wir saßen unter einem alten Zitronenbaum und warteten auf Dawud. Doch er kam nicht.

Wir waren auf alles vorbereitet, nur nicht darauf, daß er fortbleiben würde. Was mochte passiert sein? Warum kam er nicht?

In den letzten Tagen war er traurig gewesen. Er sprach nicht darüber, doch wir sahen es ihm an.

Ein Teil seiner Traurigkeit hatte mit uns zu tun, das verstanden wir. Der Rest mit Sophia. Die beiden hätten sich leicht etwas ausdenken können, um die letzten Tage miteinander zu verbringen, doch sie taten es nicht. Sie wußten, daß es so besser war. Sophia hatte ihren Mann, ihr Töchterchen, ihren Bauernhof, ihre Weinreben und Obstbäume. Dawud war auch weniger frei, als er dachte. Außerdem lebten sie auf zwei verschiedenen Kontinenten. Abschiednehmen war das einzige, was ihnen blieb.

Wir dachten, er käme vielleicht etwas später. Deshalb warteten wir weiter auf ihn und beschäftigten uns mit dem Schriftsteller Langenhoven. Wir gingen in das Haus und schauten uns seine Bücher und seine Sachen an. Wir machten eine überraschende Entdeckung.

Auf seinem alten braunen Schreibtisch lag der Gedichtband *Rubajjat* des Omar Chajjam. Offenbar war Langenhoven ein Bewunderer des persischen Dichters gewesen. Auf einem Blatt

Papier, das neben der Schreibmaschine lag, stand: »Langenhoven schlief bei der Arbeit an seiner Übersetzung des Rubajjat
über der Schreibmaschine ein. Man fand ihn tot auf. Die
Übersetzung blieb unvollendet.«

Das rührte uns. Wir fühlten uns wie zu Hause. Hier hatte
jemand persische Dichtung gelesen und übersetzt. Das Manuskript mit seinen handschriftlichen Korrekturen lag auf dem
Tisch des Schriftstellers.

Aber wo blieb Dawud bloß? Warum kam er nicht? Wir machten uns Sorgen, es mußte ihm etwas zugestoßen sein.

Wir beschlossen, ihn zu suchen.

Wir gingen zu der Pension, in der er übernachtete. Es war
mitten in der Nacht, schon fast gegen Morgen. Sein Zimmer
hatte ein Fenster zum Garten hin. Ich kletterte über die niedrige Mauer. Frug und Rumi warteten.

Die Nacht war warm, das Fenster stand einen Spalt offen.
Dawud lag im Bett.

Er wird sich verschlafen haben, dachte ich.

Doch ich hörte ihn seufzen. Also kletterte ich hinein.

Im Dunkeln konnte ich sein Gesicht nicht gut sehen.
Behutsam legte ich ihm die Hand auf die Stirn. Sie war heiß.
Ich fühlte ihm den Puls. Er hatte Fieber.

Frug und Rumi standen an der Mauer und schauten fragend zu mir hinauf.

»Er ist krank«, gestikulierte ich, »er hat Fieber!«

Wir konnten nicht länger bei ihm bleiben. Die Sonne würde
gleich aufgehen, dieser Tag würde der letzte unserer Reise
sein. Wir mußten fort, dorthin zurück, woher wir gekommen
waren.

»Was sollen wir bloß machen?« fragte ich Frug und Rumi.

»Wir können nichts für ihn tun«, sagte Rumi. »Seine Wir-
tin wird schon merken, daß er krank ist.«

»Meiner Meinung nach ist er gar nicht krank«, sagte Frug.
»Gestern nacht ging es ihm noch gut. Keine Spur von einer
Krankheit.«

»Aber er hat Fieber. Ich habe es an seinem Puls gemerkt«,
sagte ich.

»Es ist das Fieber der Liebe!« sagte Frug. »Er will nicht fort!«

»Was meinst du damit?«

»Du kennst doch die Geschichte von dem persischen Prinzen?« Und Frug erzählte:

»Der älteste Sohn von Gabus Ibn Woshmgir, des Königs von
Gorgan, wurde krank.

Gabus liebte seinen Sohn sehr. Die Ärzte taten, was in ihren
Kräften stand, doch sie konnten ihn nicht heilen.

Da fiel der Name des berühmten Arztes Abu Ali Sina. Gabus
befahl, ihn sofort zu holen. Sie machten sich auf die Suche
nach ihm. Tief in der Nacht brachten sie ihn ans Bett des
Kranken.

Abu Ali traf einen kräftigen, schönen jungen Mann an, der
totenbleich und matt im Bett lag. Er fühlte ihm den Puls, sah
in seine Augen und ließ sich seinen Urin bringen.

›Weiß jemand, wohin er im vergangenen Jahr am häufigsten gereist ist?‹ fragte Abu Ali.

›Nach Khorassan‹, antworteten sie.

›Ich brauche jemanden, der alle Viertel und Straßen von
Khorassan kennt‹, sagte Abu Ali.

Und sie brachten ihm einen Kenner der Stadt Khorassan.

Abu Ali faßte nach dem Puls des Kranken und bat den Kenner, die Namen der Stadtviertel der Reihe nach zu nennen.

Laut nannte er ein Stadtviertel nach dem anderen. Bei einem
bestimmten Viertel begann der Puls des Prinzen schneller zu
schlagen.

›Nenn jetzt die Straßen dieses Viertels‹, befahl Abu Ali.

Der Kenner nannte die Straßen. Bei einer bestimmten Straße begann der Puls des Kranken zu hämmern.

›Bringt mir jetzt jemanden, der alle Häuser und Bewohner dieser Straße kennt‹, sagte Abu Ali.

Und man brachte ihm jemanden, der die ganze Straße kannte. Er nannte die Häuser, und Abu Ali fühlte den Puls. Bei einem der Häuser reagierte der Puls heftig.

›Nenne die Namen der Frauen dieses Hauses!‹

Der Kenner nannte sie. Bei einer bestimmten Frau gab der Puls eine eindeutige Antwort.

Abu Ali schrieb sein Rezept aus: ›Der Kranke ist verliebt. In der Stadt Khorassan, im Viertel Galishudjan, in der Sahhafstraße, im dritten Haus von links wohnt eine Frau, die Tahminé heißt. Holt sie.‹

Man schwang sich aufs Pferd und holte die Frau.«

2

Der letzte Tag, wir wußten, daß wir Abschied nehmen mußten. Frug würde wieder nach Hause zurückgehen, sie war voller Hoffnung, und sie war schwanger. Rumi freute sich darauf, nach Hause zurückzukehren. Seine Familie wartete auf ihn.

Und ich? Ich wollte nicht zurück. Was erwartete mich? Ein kaltes Grab?! Nein, ich wollte nicht zurück, aber wie sollte ich es anstellen dazubleiben?

Ich dachte an Soraya und an Malek. Daß ihnen zu bleiben geglückt war, und mir nicht.

Gegen Abend saßen wir auf einem Felsen am Fuß eines Hügels, in einer Wiese, wo Touristen die Strauße besichtigten. Sie wurden in Gruppen herumgeführt.

Einmal hatte Dawud uns von diesen Tieren erzählt:

»Es heißt, die Strauße waren einst junge Kamele, die in der Wüste lebten. Sie wurden jedoch von der Sehnsucht nach dem Fliegen verzehrt, danach, ihr Zuhause zu verlassen. Ihre Sehnsucht war so stark, daß ihnen eines Nachts Flügel wuchsen. Sie flogen fort und kamen nach Afrika. Aber kaum hatten sie den Boden berührt, konnten sie nicht mehr fliegen. Die Menschen machten Kleider, Schuhe und Taschen aus ihrer Haut. Und sie mußten ewig Eier legen.«

Wir saßen da und blickten aufs Meer. Da sah ich Dawuds Reisegefährten näherkommen. Die Dichterinnen, ihre Männer und der Reiseleiter. Sie waren wohl die letzten Besucher, die Sonne ging schon hinter den Bergen in der Ferne unter. Ein Mann ging neben ihnen her und führte ihnen die Vögel vor, wie er es bei allen anderen Besuchern auch gemacht hatte. Erst zeigte er ihnen die jungen, zwei Meter langen Strauße; alle staunten, als sie erfuhren, daß das Küken waren. Dann sprach er über ihre Federn und ihre kostbare Haut. Er stellte sich mit beiden Füßen auf ein Ei, um zu zeigen, wie stark diese Eier sind. Er entrollte ein paar Poster, auf denen Fotomodelle zu sehen waren, die grüne Schuhe und rote Handtaschen aus Straußenleder trugen. Dann führte er sie auf ein Feld, wo auf diesen Vögeln geritten wurde.

»Möchte einer von Ihnen reiten?« fragte der Führer.

Sie sahen einander lachend an. Nein, niemand.

»Meine Damen! Auch Sie nicht?« fragte er.

»Nein, danke, nein«, riefen sie und schüttelten den Kopf.

»Es macht aber Spaß«, sagte der Reiseleiter zu den Dichterinnen, »versucht es doch mal, vielleicht könnt ihr dann später ein Gedicht darüber schreiben.«

Die Dichterinnen sahen einander an.

»Ist es nicht gefährlich?« fragte Chris' Frau den Führer.

»Überhaupt nicht, da drüben stehen außerdem unsere Helfer, jederzeit bereit, Ihnen beizustehen«, erwiderte er und zeigte auf vier Schwarze auf dem Feld.

»Sollen wir?« sagten die Dichterinnen lachend.

»Ja!« riefen alle.

»Holt zwei ältere Vögel«, rief der Führer den Schwarzen zu.

Sie rannten zum Stall und kamen mit zwei großen Vögeln zurück, die wirklich Kamelen ähnelten. Man hatte ihnen ein schwarzes Tuch über den Kopf gezogen, zwei kräftige Männer hielten sie fest.

Der Führer öffnete das Gatter, ließ die Dichterinnen hinein und half ihnen auf den Rücken der Vögel.

»Halten Sie sich am Hals fest«, rief er.

Die Dichterinnen beugten sich vor und hielten sich an den Hälsen der Vögel fest.

»Fertig?« rief der Führer und zog den Vögeln die Tücher mit einem Ruck vom Kopf.

Da setzten sie sich wie trunkene Kamele in Bewegung, während die Schwarzen sie in Zaum zu halten suchten. Die Dichterinnen schrieen auf, worauf die Vögel erst recht losstürmten.

»Halten Sie sich am Hals fest«, rief der Führer ständig. Doch die Dichterinnen hatten nicht genug Kraft. Sie rutschten immer schiefer. Plötzlich rannten die Vögel gegen die Gitter an, und alle gerieten in Panik. Der Führer rannte mit den schwarzen Tüchern hinter den Vögeln her und versuchte vergeblich, ihnen die Augen wieder zu verbinden. Der Kameramann rannte von einer Seite auf die andere und filmte alles. Vor lauter Aufregung standen wir auf und reckten die Hälse. Eine Dichterin rutschte fast unter den Bauch ihres Vogels, obwohl sie sich mit aller Kraft an seinen Hals klammerte. Die andere hatte sich schon fast in die Arme eines Helfers fallen lassen. Da tauchten vier weitere Männer auf, packten die

Vögel am Hals und zogen ihnen die schwarzen Tücher wieder über.

Sie halfen den Dichterinnen beim Absteigen und brachten sie an den Rand des Felds.

Wortlos verließen sie den Park. Und die Sonne verschwand hinter den Bergen.

Es war Zeit, wir wußten, daß auch wir mit der Sonne verschwinden würden.

Doch ich, Attar, wollte nicht gehen.

Frug, Rumi und ich saßen immer noch auf dem Felsen; auf dem Gipfel des höchsten Bergs lagen die letzten Sonnenstrahlen. Wir hatten noch einen Moment Zeit, einen Moment nur. Hinter uns hörten wir seltsame Geräusche. Wir sahen uns um, Hunderte Strauße standen im Feld und streckten uns den Kopf entgegen. Sie warteten auf uns. Auch sie wußten, daß unsere Zeit gekommen war. Wir gingen zu ihnen hin. Erst halfen wir Frug auf den Rücken eines Vogels, der alt und erfahren war. Und während ich auf den letzten Sonnenstrahl blickte, half ich Rumi beim Aufsteigen.

Ich aber wollte nicht gehen. Ich wollte weiterleben. Ich wollte noch so viel erleben, noch öfter die Sonne sehen, wie sie aufging, wie sie unterging.

Da setzten sich die Vögel in Bewegung, sie nahmen einen Anlauf und flogen alle zugleich auf.

Das Feld war leer. Die Sonne war untergegangen, die Vögel waren fort, ich aber war geblieben. Ich durfte leben.

Ich verließ das Feld und stieg auf den Hügel, von wo aus ich die Stadt sehen konnte, die Häuser, in denen Licht brannte. Einmal würde eins dieser Häuser das meine sein, und die Sonne würde frühmorgens durchs Fenster scheinen. Ich blickte auf die Stadt und stieg hinab.

◈ Anhang ◈

Der Titel *Dawuds Traum* bezieht sich auf das Gedicht ›Afskeid‹
(Abschied) aus dem Band *Ik herhaal je* (Ich wiederhole dich)
der südafrikanischen Dichterin Ingrid Jonker (Amsterdam
2000, Niederländisch von Gerrit Komrij):

(...)
Und lebst du in Porträts und alten Träumen
Und lebst in meiner Seele vollkommen du und frei (...)

Die ›Zitate‹, die als Abschnitte über den Kapiteln stehen,
gehen zurück auf Stellen, Sätze oder Bemerkungen aus den
persischen Klassikern, unter anderem dem *Safarnamé*, dem
bekannten Reisebericht des mittelalterlichen persischen
Dichters Naser-e-Khosrou. In den meisten Fällen habe ich sie
abgewandelt und in einen anderen Zusammenhang gestellt,
um aus jedem Abschnitt eine kleine Geschichte machen zu
können.

Mit diesen Abschnitten versuche ich, etwas vom Geist des
persischen Meisters in mein Buch zu bringen. Darum habe
ich ab und zu einen Satz oder eine Bemerkung von ihm gelie-
hen und als Grundton verwendet.

Dann habe ich etwas aus den anderen Meistern hinzuge-
fügt, angepaßt oder abgeändert.

Deshalb möchte ich hier die Namen Saadi, Hafis und Chajjam nennen.

Die Zeilen

ek stuur vir jou
die kleur van 'n ster (...)

stammen aus dem Gedicht ›brief‹ im Band *Dimensie* (Dimension) der südafrikanischen Dichterin Christine Barkhuizen le Roux (Stellenbosch 2000).

Die Zeilen

Was sie jetzt herausbekam
Beschäftigte mich nicht

sind übersetzt aus dem Gedicht ›Ze zei dat liefde samen gaat‹ (Sie sagte, daß Liebe paßt) aus dem Band *Achter de bergen* (Hinter den Bergen) der niederländischen Dichterin Miriam van hee (Amsterdam, 1996).

Die Geschichte von den Vögeln, die Steine werfen, beruht auf der Sure Elfil des Koran.

Die Zeilen

ek skryf vir jou
die laatson se wegraak (...)

stammen aus dem Gedicht ›brief‹ von Christine Barkhuizen le Roux, siehe oben. Ich habe verschiedene Zeilen aus dem Gedicht an verschiedenen Stellen des Buchs nach eigenem Ermessen zusammengestellt.

Die Zeilen

Soos Inhaca kyk na die kus, is ek gekeer
Na jou, met my sagte mond, my borste (...)

stammen aus dem Gedicht ›Afrikaliefde‹ (Afrikaliebe) des Bands *Vir die bysiende leser* (Für den kurzsichtigen Leser) der südafrikanischen Dichterin Wilma Stockenström (Amsterdam 2000).

Irgendwo leihe ich mir einen Satz aus dem Gedicht ›Die Nacht‹ des persischen Dichters Shamloo:

> *Obwohl die Nacht unnötig schön ist*
>
> *warum ist die Nacht schön?*
> *für wen ist die Nacht schön?*
>
> *die Nacht und*
> *ein unendliches Fließen von Sternen*
> *kalte Strömung ...*

Die Geschichte von dem Mann, der einen Schrei ausstieß und laut singend in die Wüste rannte, stammt aus dem *Rosengarten* des Dichters Saadi (deutsch u.a. von Rudolf Gelpke, Zürich 1967). Ich habe die Geschichte nach eigenem Ermessen benutzt.

Die Zitate von Desmond Tutu, sowie die Bemerkung über den Folterer Bezien und das Zitat über die Parlamentarier stammen aus dem Buch *De kleur van je hart* (Die Farbe deines Herzens) von Antjie Krog (Amsterdam 2003).

Die Vierzeiler des Omar Chajjam stammen aus dem *Rubajjat*. Sie sind aus dem Niederländischen übersetzt.

Die Geschichte des Arabers über die Weizenkörner und die Juwelen stammt aus dem *Rosengarten* von Saadi.

Die Zeilen

> *weil Gehen besser ist*
> *als Stillstehen (...)*

stammen aus dem Gedicht ›afscheid in poleskoje anno 1994‹
(Abschied in Poleskoje anno 1994) aus dem Band *Achter de*
bergen von Miriam van hee (siehe oben).

Die Zeilen

> *Wieg nicht zu schwer*
> *Wühl sanft in mir*
> *wenn ich morgen bei dir liege,*
> *drück dann deine warme Wange an mich*

stammen aus dem Gedicht ›Aarde‹ (Erde) in dem Band *ni*
gagnants, ni perdants (Weder Sieger noch Verlierer) der Dichterin Lut de Blok. Die Zeilen sind nach eigenem Ermessen
geordnet.

Die Zeilen

> *Die kind is nie dood nie*
> *Nòg by Langa nòg by Nyanga (...)*

stammen aus dem Gedicht ›Die kind wat doodgeskiet is deur
soldate by‹ (Das Kind das von Soldaten erschossen wurde)
aus dem Band *Ik herhaal je* von Ingrid Jonker, siehe oben.

Klett-Cotta
Die Originalausgabe erschien unter dem Titel
»Portretten en een oude droom«
im Verlag De Geus, Breda
© 2003 by Kader Abdolah
Für die deutsche Ausgabe
© J. G. Cotta'sche Buchhandlung Nachfolger GmbH, gegr. 1659,
Stuttgart 2005
Fotomechanische Wiedergabe nur mit Genehmigung des Verlags
Printed in Germany
Schutzumschlag: Kathrin Steigerwald, Hamburg
unter Verwendung eines Fotos von gettyimages / Pete Turner
Gesetzt aus der ITC Mendoza
von Offizin Wissenbach, Höchberg bei Würzburg
Auf säure- und holzfreiem Werkdruckpapier gedruckt
und gebunden von Clausen & Bosse, Leck
ISBN 3-608-93759-5

Kader Abdolah:
Die geheime Schrift
Roman
Aus dem Niederländischen von Christiane Kuby
367 Seiten, gebunden, ISBN 3-608-93512-6

Die Geschichte Persiens, gespiegelt in einem kleinen Dorf in den Bergen.
Esmail hat ein Manuskript mit ins Exil genommen. Geschrieben hat es
sein taubstummer Vater, in einer seltsamen, selbst erfundenen Schrift.
So, wie er früher seinen Vater verstehen wollte, versucht Esmail, das
Geschriebene zu entziffern.

Es schildert das Leben in einem kleinen Dorf an der Grenze: »Südlich
der Grenze lag der Iran, und nördlich, dort, wo immer tiefer Schnee
lag, Rußland.«

Dieser eindrucksvolle, manchmal märchenhafte Roman spannt einen
Bogen zwischen Amsterdam und Persien. Er erzählt von Vater und
Sohn, von Analphabetismus und der Leidenschaft für Geschichten,
erzählt von Armut, Abhängigkeit und erwachendem politischen Mut.
Esmail schließt sich dem studentischen Kampf gegen den Schah an,
später der Regimekritik gegen Chomeni.

Er flieht – und aus dem Sohn eines armen Teppichflickers wird ein
westlicher Intellektueller, der seiner Herkunft jedoch alles verdankt.
Die »Notizen des Agha Akbar«, so der Untertitel des Buches, gehören
zu den eindrucksvollsten Beispielen jener Literatur, die heute, durch
die weltweiten ethnischen Verwerfungen, ihre Wurzeln in mehreren
Kulturen hat. In schöner, sicherer Klarheit geschrieben, enthält es zu
gleichen Teilen die bittere Realität und die magische Phantastik der
persischen Heimat.

Klett-Cotta